地图上的
红楼梦

第四册

星球地图出版社
STAR MAP PRESS

图书在版编目（CIP）数据

地图上的红楼梦 / 许盘清主编；星球地图出版社编著，
-- 北京 ：星球地图出版社，2025.1--(带着地图读四大名著).

ISBN 978-7-5471-3087-2

Ⅰ.①地… Ⅱ.①许… ②…星 Ⅲ.①中国文学－名著－通俗读物 Ⅳ.① I207.411

中国国家版本馆 CIP 数据核字第 20246NY043 号

地图上的红楼梦（第四册）

出版发行	星球地图出版社
地址邮编	北京市海淀区北三环中路 69 号 100088
网　　址	www.starmap.com.cn
印　　刷	廊坊一二〇六印刷厂
经　　销	新华书店
开　　本	185 毫米 ×260 毫米　16 开
印　　张	8
版　　次	2025 年 1 月第 1 版
印　　次	2025 年 1 月第 1 次印刷
审 图 号	GS（2024）4156 号
定　　价	218.00 元（套装 4 册）

联系电话：010-82028269（发行）、010-62272347（编辑）

版权所有　侵权必究

目 录

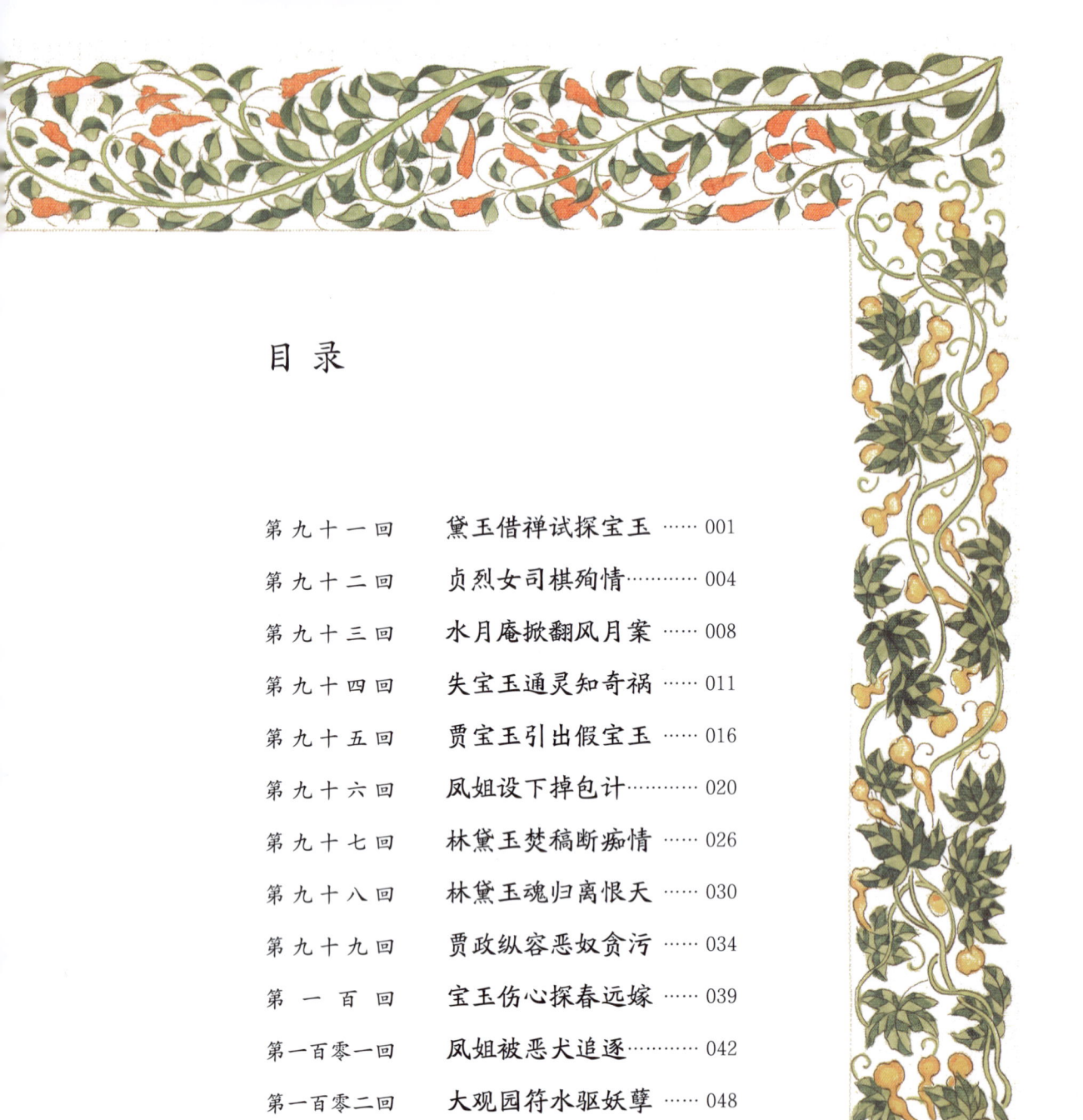

第九十一回	黛玉借禅试探宝玉	001
第九十二回	贞烈女司棋殉情	004
第九十三回	水月庵掀翻风月案	008
第九十四回	失宝玉通灵知奇祸	011
第九十五回	贾宝玉引出假宝玉	016
第九十六回	凤姐设下掉包计	020
第九十七回	林黛玉焚稿断痴情	026
第九十八回	林黛玉魂归离恨天	030
第九十九回	贾政纵容恶奴贪污	034
第 一 百 回	宝玉伤心探春远嫁	039
第一百零一回	凤姐被恶犬追逐	042
第一百零二回	大观园符水驱妖孽	048
第一百零三回	夏金桂误服毒药	054
第一百零四回	醉金刚撒泼被捕	057
第一百零五回	西平王奉旨查抄贾府	062

第一百零六回	凤姐致祸心中羞愧	067
第一百零七回	散余资贾母明大义	070
第一百零八回	强欢笑宝钗庆生辰	073
第一百零九回	还孽债迎女返真元	076
第一百一十回	凤姐办事不力失人心	080
第一百一十一回	贾府恶奴招贼引盗	083
第一百一十二回	妙玉被强盗劫走	087
第一百一十三回	刘姥姥三进荣国府	091
第一百一十四回	幻返金陵凤姐病逝	095
第一百一十五回	贾宝玉初见甄宝玉	099
第一百一十六回	宝玉重游太虚幻境	102
第一百一十七回	袭人紫鹃双护玉	107
第一百一十八回	狠舅奸兄欺负孤女	110
第一百一十九回	刘姥姥施计救巧姐	114
第一百二十回	宝玉出家当和尚	118

王夫人陪薛姨妈去见贾母，说了宝钗和宝玉的亲事。

第九十一回

黛玉借禅（chán）试探宝玉

人物	性格	别名	身份
夏三	卑鄙无耻、平庸无能	夏三爷	夏金桂的过继弟弟

点题

金桂看上了薛蝌，想给薛蝌留个好印象，不再闹事。薛蟠来信说还需要银子打通道台，宝钗累出病，黛玉借说禅试探宝玉是否对爱情忠贞不二。

这日，金桂派宝蟾去试探薛蝌，未能成功，一时不知所措（cuò）。宝蟾想为自己谋个出路，便怂（sǒng）恿金桂继续勾搭薛蝌。夜里，宝蟾想出一个办法，次日精心打扮去见薛蝌，还是没有成功让薛蝌上钩，便在薛蝌房中留下酒壶以便下次再找机会。金桂与宝蟾商量，宝蟾出主意让金桂笼络薛蝌，再见机行事。二人商量好后，宝蟾去取酒壶（hú）时一脸正气，薛蝌反而后悔自己先前错怪了她们。过了两天，薛蝌遇见宝蟾，宝蟾低头不理他；见了金桂，金桂却对他很热情。薛蝌见她们这样，心里反倒过意不去。

自此，金桂一心想给薛蝌留下好印象，就不闹了。薛姨妈见了十分高兴，便过来看金桂。薛姨妈走到金桂的院中，听到一个男人和金桂说话。薛姨妈走过去，听金桂介绍说，此人是她过继的弟弟夏三。薛姨妈便让金桂留他吃饭。从此，夏三经常来看金桂，并因此生出无限风波。

薛蟠来信说，道台那里没有疏通好，还需要拿钱去通融。薛姨妈听说后哭了一场。薛蝌连夜出发，那时手忙脚乱，虽然有下人帮忙处理，但宝钗担心他们考虑不周全，便亲自来帮着收拾，一直忙到了四更才休息。宝钗因此累病了，当晚发了高烧，吃药后虽然好了一点，但七八天都没恢复过来，还是她想起冷香丸，吃了三丸才好。

后来，薛蝌又有来信，薛姨妈看了忙去求王夫人。王夫人又去求贾政，并提议将宝钗早些娶过门。贾政说等过了贾母的生日再定日子。次日，王夫人陪薛姨妈去见贾母，将贾政的话告诉了贾母。这时，宝玉回来问：“宝姐姐可大好了？”薛姨妈笑道：“好了。”宝玉见薛姨妈待他不像以前那样亲热了，满腹狐疑地走了。

晚上，宝玉去见黛玉，说薛姨妈对他不像以前亲热了。黛玉问宝玉，去看过宝钗没有。宝玉说没有，又说：“宝姐姐为人是最体谅我的。”黛玉趁机试探宝玉，问道：“宝姐姐和你好，你怎么样？宝姐姐不和你好，你怎么样？宝姐姐前儿和你好，如今不和你好，你怎么样？今儿和你好，后来不和你好，你怎么样？你和她好，她偏不和你好，你怎么样？你不和她好，她偏要和你好，你怎么样？”

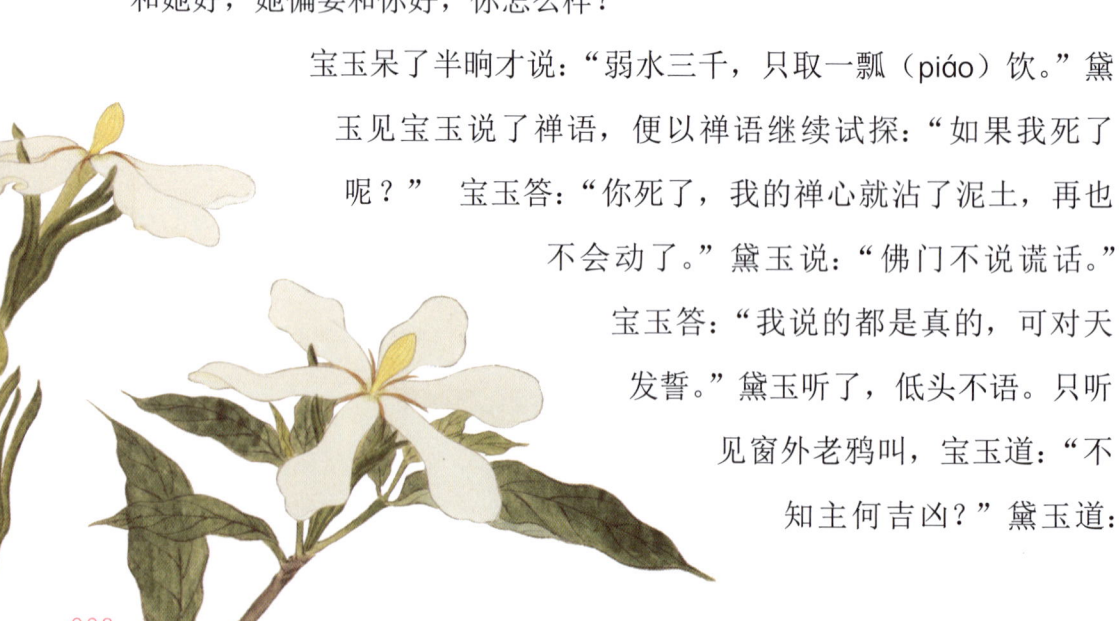

宝玉呆了半晌才说：“弱水三千，只取一瓢（piáo）饮。”黛玉见宝玉说了禅语，便以禅语继续试探：“如果我死了呢？”宝玉答：“你死了，我的禅心就沾了泥土，再也不会动了。”黛玉说：“佛门不说谎话。”宝玉答：“我说的都是真的，可对天发誓。”黛玉听了，低头不语。只听见窗外老鸹叫，宝玉道：“不知主何吉凶？”黛玉道：

"人有吉凶事,不在鸟音中。"正说着,只见秋纹进来对宝玉说:"老爷找你。"吓得宝玉连忙站起来,走了。

 **任凭弱水三千,我只取一瓢饮。**
禅心已作沾泥絮,莫向春风舞鹧鸪(zhè gū)。

黛玉乘此机会说道:"我便问你一句话,你如何回答?"宝玉盘着腿,合着手,闭着眼,嘘着嘴道:"讲来。"黛玉道:"宝姐姐和你好你怎么样?宝姐姐不和你好你怎么样?宝姐姐前儿和你好,如今不和你好你怎么样?今儿和你好,后来不和你好你怎么样?你和他好他偏不和你好你怎么样?你不和他好他偏要和你好你怎么样?"宝玉呆了半晌,忽然大笑道:"任凭弱水①三千,我只取一瓢饮。"黛玉道:"瓢之漂水,奈何?"宝玉道:"非瓢漂水,水自流,瓢自漂耳。"黛玉道:"水止珠沉②,奈何?"宝玉道:"禅心已作沾泥絮,莫向春风舞鹧鸪。"黛玉道:"禅门第一戒是不打诳(kuáng)语③的。"宝玉道:"有如三宝④。"黛玉低头不语。

注释:①弱水:这里指爱河情海。②水止珠沉:比喻女子丧亡,生命走到尽头。③诳语:说谎话或者说大话。④有如三宝:意思是以三宝起誓,表示郑重、坚决。

宝玉说的哪一句话能明确表达他对爱情的忠贞不二?

任凭弱水三千,只取一瓢饮。

003

第九十二回

贞烈女
司棋殉（xùn）情

人物	性格	身份
潘又安	懦弱犹疑、胆小怕事	司棋的表弟、秦显的外甥

点  题

消寒会，宝玉给巧姐讲《列女传》。司棋和潘又安殉情而亡。冯紫英推销西洋货，贾府无钱赎买。凤姐提议多买不被没收的不动产，给子孙留后路。

宝玉从潇湘馆出来，才知道秋纹骗了他：不是贾政叫他，而是袭人叫他。宝玉回到怡红院，和袭人说了他和黛玉谈禅的事，又说最近他跟黛玉生疏了许多。袭人说长大了自然不像小时候那样亲近。因明天有消寒会，贾母派人告诉宝玉明天不用上学了。

次日，宝玉到贾母房中见到了巧姐。巧姐对宝玉说，她妈妈不信她认得字了，说她瞎认。宝玉听了，问巧姐平时都读什么书。巧姐说读《女孝经》《列女传》。于是，宝玉便给巧姐讲那些或因贤德、或因才华、或因孝道而留名青史的女子的故事。宝玉还没说完就被贾母打断了。

不久，大家都来了，独不见宝钗、凤姐。宝钗推说有病，凤姐派人来请假，说发热，一会儿就到。原来，凤姐刚要来，就听有人说迎春打发人来了，便命那人进来。那人进来后，说她其实是受司棋的母亲之托来求凤姐的。

原来，司棋被撵走后，每天啼（tí）哭。一天，司棋的表兄潘又安来了。司棋母亲见了，说他害了司棋，拉着要打他。司棋见了连忙拦住，并说她此生只嫁表兄一人，就算他是乞丐也跟着他，只要母亲同意，她马上就跟他走。司棋母亲坚决不同意，司棋便一头撞在墙上，死了。司棋母亲哭着让潘又安偿命。

潘又安说他在外面发了财，并将一包金银珠宝给了司棋母亲，又说他要去买棺材。司棋母亲拿了那包金银珠宝，就任凭外甥去了。潘又安便买了两口棺材来，当着司棋母亲的面，抹脖子自尽了。街坊知道了要报官，司棋的母亲急了，便托人来求凤姐。凤姐听了，赞叹司棋是个烈性女子，因可怜司棋，便派旺儿去处理此事。

贾政与清客詹光下棋时，冯紫英上门来推销四件珍贵的西洋宝物。贾政让贾琏带两件去贾母房中，并叫人请了邢、王二位夫人和凤姐来看。贾琏说还有两件宝物一共两万两银子。凤姐说，东西虽好，但家里哪有这样的闲钱。接着，凤姐趁机提议多购买一些不被没收的祭地、义庄、坟屋，以便将来家败了也能有点底子，不至于一败涂地。贾母跟众人都说："这话说的倒也是。"贾琏却指责凤姐尽说丧气话。

冯紫英听说贾母不买，只得将东西收了。这时，贾赦回来了，大家坐下闲聊。贾琏说贾雨村升官了。贾政说贾雨村复官是他引荐的，又说贾雨村的门子善于钻营，这几年由知府升为吏部寺郎、兵部尚书，后来犯事降了三级，现在又要升了。

姜后脱簪（zān）待罪，齐国的无盐虽丑，能安邦定国，是后妃里头的贤能的。

人世的荣枯，仕（shì）途的得失，终属难定。

005

消寒会,巧姐来给贾母请安,宝玉给巧姐讲《列女传》。

经典原文

凤姐听了,诧异①道:"那有这样傻丫头,偏偏的就碰见这个傻小子!怪不得那一天翻出那些东西来,她心里没事儿人似的。敢只是这么个烈性孩子。论起来我也没这么大工夫②管她这些闲事,但只你才说的,叫人听着怪可怜见③儿的。也罢了,你回去告诉她,我和你二爷说,打发旺儿给他撕掳(lǔ)④就是了。"

注释:①诧异:觉得意外和奇怪。②工夫:指时间和精力。③怪可怜见:指值得怜悯。④撕掳:张罗;排解。

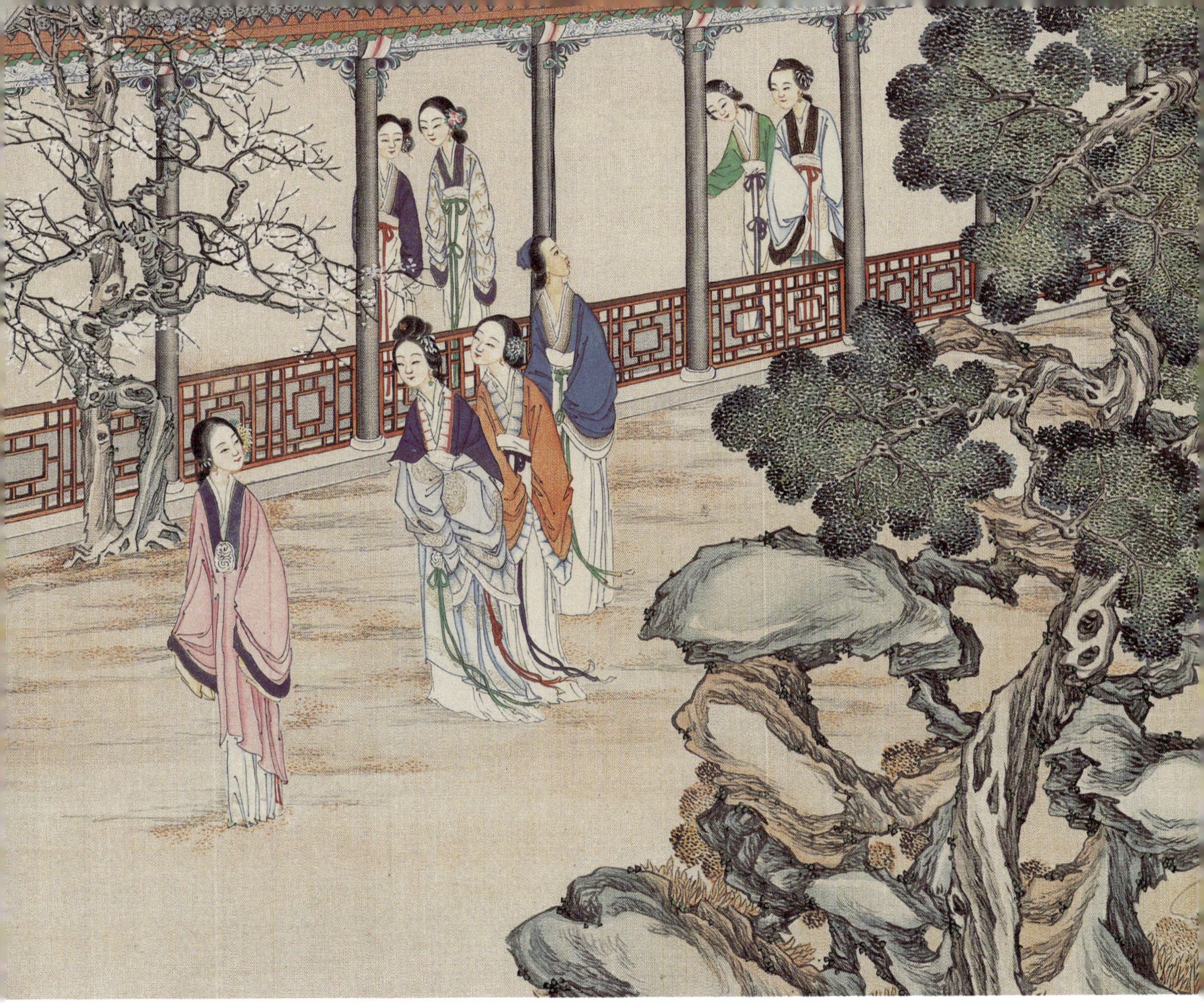

课外试题

潘又安见司棋撞墙徇情后是什么表现？这说明他是个什么样的人？

答案

为司棋安排后事，买来棺材后，遂接自杀殉情追随司棋而去。说明他是个有一定担当和对爱情忠贞的人。

第九十三回

水月庵掀翻风月案

人物	性格	别名	身份
蒋玉菡	温和有礼、重情重义	琪官	忠顺王府戏班的名角

点  题

甄家将仆人包勇推荐到贾家，贾政将包勇留了下来。之后贾政听说有人揭发贾芹经常在水月庵和女尼喝酒厮混，非常生气，命贾琏和赖大立即查办此事。

冯紫英走后，两个管屯（tún）里地租的家人来说，庄子里收租的车子被衙役强行拉走了。贾琏骂道："这个还了得！"骂完，立刻写了一个帖子，叫家人道："拿着去向拿车的衙门要车，并车上的东西。"说着，回房休息了。

次日，贾政因公事繁忙，托贾赦带宝玉去南安府看戏。宝玉跟着贾赦去了南安府，见了临安伯，又与众宾客都见了礼。大家坐下说笑，只见掌班的拿着戏单和牙笏（hù）请众人点戏。轮到贾赦时，他也点了一出。掌班的回头见了宝玉，抢步上前对宝玉行了个礼说："求二爷赏两出。"

宝玉一看是蒋玉菡，便笑道："你什么时候来的？"蒋玉菡笑道："怎么二爷不知道吗？"因此时不方便说话，宝玉便乱点了一出戏。蒋玉菡去后，宝玉听几个人议论说，蒋玉菡不唱小旦了，现在就在南安府里掌班，也改演小生，攒（zǎn）了一些钱，家里也有几个铺子，目前还没成亲，

听说要找能配得上他的才成亲。宝玉听了，心想："不知日后谁家的女孩嫁他。"

贾政向贾琏问拿车的事，贾琏说："今儿门人拿帖去，知县不在。其门房称知县不知道此事，并没有发牌票去拿车。"贾政道："既无官票，到底什么人在作怪？"贾琏道："老爷不知，外头都是这样。想来明儿必定送来的。"贾琏说完，下去了。

甄府的老仆包勇拿着信来求见贾政。贾政接过信，打开一看，才知道甄家因获罪被抄家了，无力养家仆，便推荐包勇来贾府做下人。虽然贾府不缺人，但贾政还是将包勇留了下来，又向包勇询问甄宝玉的情况。

包勇说，甄家太太进京那年，甄宝玉得了一场大病，病中做了个奇怪的梦。病好后便改了脾气，不再喜欢和姐妹们玩了，一心只想读书，目前能够帮助料理家务了。贾政默然想了一会儿，便叫包勇下去了。

一天，贾政正要去衙门，看见门上那几个人在交头接耳，一问之下才知道，有人写了匿（nì）名揭帖。贾政拿了揭帖一看，原来揭帖揭露了水月庵窝娼（chāng）聚赌之事。贾政看完，气得头昏目眩，赶忙叫门上的人不许声张，又命人将贾琏叫来问话，并叫赖大去查办此事。赖大到了水月庵，看见贾芹正和女尼们饮酒作乐，心中大怒，但不便声张，于是谎称宫里传召，将众女尼押来了贾府。

平儿知道此事后，忙来告诉凤姐，不留神将水月庵说成了馒头庵，触动了凤姐的心病。凤姐被吓得急火上攻，吐了一口血。后来听平儿说是水月庵，凤姐才放下心来。贾琏怕水月庵被揭发后名声不好，便和赖大商量将此事暂压下来，静候贾政发落。

面如傅粉，唇若涂朱，鲜润如出水芙蕖（qú），飘扬似临风玉树。情动于中，故形于声，声成文谓之音。

凤姐因那一夜不好，恹（yān）恹①的总没精神，正是惦记铁槛寺的事情。听说"外头贴了匿名揭帖"②的一句话，吓了一跳，忙问："贴的是什么？"平儿随口答应，不留神，就错说了，道："没要紧，是馒头庵里的事情。"凤姐本是心虚③，听见："馒头庵的事情"，这一唬直唬怔了，一句话没说出来，急火上攻④，眼前发晕，咳嗽了一阵，哇的一声，吐出一口血来。平儿慌了，说道："水月庵里不过是女沙弥女道士的事，奶奶着什么急。"凤姐听是水月庵，才定了定神，说道："呸，糊涂东西，到底是水月庵呢，是馒头庵？"平儿笑道："是我头里错听了是馒头庵，后来听见不是馒头庵，是水月庵。我刚才也就说溜了嘴，说成馒头庵了。"

注释：①恹恹：因倦或忧郁的样子。②揭帖：旧时张贴的通告。③心虚：胆怯。④急火上攻：指因遇到不顺心的事，而引发身体病痛。

课外试题

贾政看到了匿名揭帖后，为什么命赖大立即去查办此事？

因为豢养戏子的风气一直是朝廷明令禁止的，以及馒头庵自身发生过一个不正经的人命官司，贾政担心受到牵连。

第九十四回

失宝玉通灵
知奇祸

点题

怡红院枯死的海棠开花了,贾母认为是吉兆,探春认为不吉。宝玉陪贾母赏花后,通灵宝玉不见了,全家因此连忙四处乱找,只瞒着贾母和贾政。

贾政因要去衙门,命贾琏全权处理水月庵之事。贾琏去请示王夫人,说昨日老爷见了揭帖生气,把贾芹和女尼女道等都叫进府来查办,并说贾芹并没有做那些混账事。王夫人听了,说让赖大将那些尼姑带去,问问她们本家还有没有人,将她们的文书找出来给她们,再将她们送回各自的家中。贾琏于是命赖大按王夫人的意思去办了。

紫鹃在潇湘馆,听到外面吵嚷,命人去打听。打听的人回来说:"怡红院的海棠本来枯萎(wěi)了几棵,突然今天开了花,众人诧异,都争着去看。连老太太、太太都来瞧花呢。"黛玉听了,便去怡红院见贾母等人。大家都觉得这花开得古怪。贾母道:"这花应是三月开,如今虽是十一月,但应着小阳春的天气,这花开因为和暖是有的。"

邢夫人说这花可能是有什么征兆。李纨说一定是宝玉有喜事了,这花是来报信的。探春心想:"此花必非好兆。草木知运,不时而发,必是妖孽。"只有黛玉听说是喜事,高兴地说:"当初田家有荆(jīng)树一棵,

宝玉陪贾母赏完花，发现通灵宝玉不见了，众人怀疑是贾环，气得赵姨娘哭着带贾环来吵闹。

三兄弟分家，荆树便枯了，感动了三兄弟。于是三兄弟仍在一处住，荆树便荣了。可知草木随人，二哥哥认真念书，这花就开了。"贾母，王夫人听了喜欢，都赞黛玉说得好。

正说着，贾赦、贾政、贾兰、贾环也来了。贾赦认为是花妖作怪。贾政道："见怪不怪，其怪自败。"贾母责怪他俩乱说，并说："若有好事，

你们享去；若是不好，我一个人承担，你们不许混说！"又叫宝玉、贾兰、贾环作诗。宝玉想起晴雯死的那年海棠枯死的，如今五儿补进来，这花或许是为此开的。

贾母走后，宝玉才发现自己因匆匆穿换衣服，忘记把通灵宝玉带上了，现在不知道那玉放在哪里了。袭人四处找都找不着，急得只是干哭。怡红院的人也都吓傻了。大家正在发愣，只见各处得知消息的人都赶过来了。探春吩咐把园门关上，命人先去各处查问。李纨着急了，便说："园子里现在除了宝玉，都是女眷，不如互相搜身看看。"探春拦住李纨，说："那人偷了玉，必然不会放在身上。"众人听了这话，想到昨天贾环在屋里满处乱跑，现在只有他不在这里，便怀疑是贾环偷了玉。于是将贾环哄骗来，平儿笑着对贾环说："你二哥哥的玉丢了，你瞧见了没有？"贾环一听，十分生气，瞪着眼睛说道："二哥丢了东西，为什么叫我来查问？我是犯过案的贼吗？"说着，站起身，甩起袖子就走。众人也不好阻拦他。

宝玉怕贾环嚷嚷出来，连累众人，便说如果贾母要问，就说是他砸烂了。正说着，只见赵姨娘哭着带贾环来吵闹。李纨正要劝解，见王夫人也来了。王夫人询问一番后，便要去问邢夫人那边的人。这时，凤姐扶着丰儿来了，建议此事保密，先瞒着贾母和贾政。

林之孝家的建议去测字，袭人忙求她快去。邢岫烟说妙玉会扶乩（jī），众人又请求邢岫烟去栊翠庵找妙玉算一算。林之孝家的测得一个"赏"字，跟众人说这玉丢不了，会有人送回来，随后又说叫人去当铺寻找，有可能会找到。李纨让林之孝家的快去告诉凤姐。这时，大家才稍微安下神来，只呆呆等邢岫烟回来。

经典名句

大凡顺者昌，逆者亡。

见怪不怪，其怪自败。

知人知面不知心。

经典原文

不多时同了环儿来了。众人假意装出没事的样子，叫人沏了碗茶搁在里间屋里，众人故意搭讪走开。原叫平儿哄他，平儿便笑着向环儿道："你二哥哥的玉丢了，你瞧见了没有？"贾环便急得紫涨了脸，瞪着眼说道："人家丢了东西，你怎么又叫我来查问，疑我。我是犯过案的贼么！"平儿见这样子，倒不敢再问，便又陪笑道："不是这么说，怕三爷要拿了去吓他们，所以白问问瞧见了没有，好叫他们找。"贾环道："他的玉在他身上，看见不看见该问他，怎么问我。捧着他的人多着咧！得了什么不来问我，丢了东西就来问我！"说着，起身就走。众人不好拦他。这里宝玉倒急了，说道："都是这劳什子①闹事，我也不要他了。你们也不用闹了。环儿一去，必是嚷得满院里都知道了，这可不是闹事了么？"袭人等急得又哭道："小祖宗儿，你看这玉丢了没要紧；要是上头②知道了，我们这些人就要粉身碎骨③了！"说着，便嚎啕（háo táo）大哭④起来。

注释：①劳什子：北方方言，指讨厌的东西。②上头：上级；有权威的人。③粉身碎骨：失去生命。④嚎啕大哭：放声大哭。

因为宝玉的玉来历不凡，从出生嘴里就衔着，被看作是与宝玉的命相关的宝贝，丢了宝玉的玉无异于丢了宝玉的命。

第九十五回

贾宝玉 引出假宝玉

人物 邢岫烟

性格 聪慧灵秀、恬淡隐忍

身份 邢夫人的侄女、薛蝌的未婚妻

点题

王夫人命人去当铺询问,没找到玉。元妃去世贾府忙乱,贾母忙完见宝玉变傻,才知道玉丢失了,忙命人张榜悬赏。有人拿玉来,宝玉接过那玉知道是假的。

贾母看望宝玉,发现宝玉变傻了,才知道通灵宝玉丢失了,忙命人张榜悬赏。

岫烟去求妙玉扶乩,妙玉原先不答应,后来听岫烟说此事关乎袭人等人的性命,才焚香扶乩。不多时,只见那仙乩疾书道:"噫(yī)!来无迹,去无踪,青埂峰下倚古松。欲追寻,山万重,入我门来一笑逢。"妙玉看了不懂什么意思。岫烟拿去给李纨等人看,也都看不懂。

袭人捕风捉影地乱找,也没找到通灵宝玉。宝玉也不问通灵宝玉找到没有,只管傻笑。黛玉回去,想起金石的旧话来,反而喜欢,心想:"和尚、道士的话真信不得。果真金玉有缘,宝玉如何能把这玉丢了呢?或者因我之事,拆散他们的金玉,也未可知。"想了半天,更觉安心。

次日,王夫人一早派人去当铺查问通灵宝玉的下落。凤姐也设法暗中找寻,都毫无结果。没过多久,贾琏告诉王夫人,王子腾拜相且奉旨进京。王夫人甚是高兴，觉得娘家有了荣耀，宝玉日后也有倚仗，便将丢玉一事稍微放宽了心。

突然有一天，贾政进来，满脸泪痕、气喘吁（xū）吁地对王夫人说，元妃突然得了暴病。王夫人听了，便大哭起来。贾政忙劝止，说当下不是哭泣之时，应平复情绪后去告知贾母。王夫人这才止住泪水，去请贾母一同进宫，只说元妃生病，进去请安。王夫人和贾母进宫，见元妃流着口水不能言语，唯有悲泣之态却无泪可流。当日，元妃便离世了。

贾母、王夫人忍着悲痛，上轿回家。贾府众人得知元妃去世，都大哭一场。接着，贾母等天天进宫为元妃守灵。宝玉是无职之人不能进宫，也不去学堂。贾代儒知道他家有事，也不管他。贾政忙也没空查他的功课。宝玉失玉后，不仅懒得动，说话也糊涂了。袭人怀疑他病了，请黛玉去开导他。黛玉以为宝玉定亲的对象是自己，因害羞便不去怡红院了。探春因家事繁忙，也没心思劝宝玉，只去了几次。

宝钗听说宝玉失玉，因定了亲也不好细问。薛姨妈因薛蟠的案子操心，只是派人过来问候宝玉几次。贾母忙完元妃的事，进来看望宝玉，发现宝玉像个傻子似的，和往常不太一样，竟是神魂失散的样子。贾母问起原因，才知道宝玉的通灵宝玉丢失了，便命人传话告诉贾琏，叫他张榜悬赏找到通灵宝玉，又让宝玉搬出园子，带到自己身边居住。

不久，有人来荣国府送玉了。贾琏以为是真的，忙拿进去。众人看了也不知是真是假，便拿去给宝玉看。宝玉看都没看，就扔到地上，道："你们又来骗我。"说着只是冷笑。

王夫人见了，便说这玉是伪造的。贾琏要出去抓送假玉来的人。贾母将他喝住，说："不要难为他，把这玉还给他，说不是我们的，赏给他几两银子。外头的人都知道了，才肯有信就送来呢。"贾琏答应后出去了。

**噫！来无迹，去无踪，青埂峰下倚古松。
欲追寻，山万重，入我门来一笑逢。**

想来宝玉趁此机会，竟可与姊妹们天天畅乐，不料他自失了玉后，终日懒怠走动，说话也糊涂了。并贾母等出门回来，有人叫他去请安，便去；没人叫他，他也不动。袭人等怀着鬼胎，又不敢去招惹他，恐他生气。每天茶饭，端到面前便吃，不来也不要。袭人看这光景不像是有气，竟像是有病的。袭人偷着空儿到潇湘馆告诉紫鹃，说是"二爷这么着，求姑娘给他开导①开导"。紫鹃虽即告诉黛玉，只因黛玉想着亲事上头②，一定是自己了，如今见了他，反觉不好意思："若是他来呢，原是小时在一处的，也难不理他；若说我去找他，断断③使不得。"所以黛玉不肯过来。

注释：①开导：启发劝导。②上头：这里是方面的意思。③断断：绝对。

课外试题

为什么一开始除了怡红院的人，贾府众人都不知道宝玉变傻了？

答案：因为宝玉刚病，贾母等人恰好出门走了一回；袭人等明知有问题也瞒着不说，所以没被发现。

第九十六回

凤姐设下掉包计

人物	性格	别名	身份
王子腾	严厉果决	舅老爷、大老爷	宝玉和宝钗的舅舅、京营节度使

点  题

贾母要给宝玉冲喜，王夫人怕宝玉不愿意娶宝钗，凤姐建议用掉包计。黛玉得知宝玉和宝钗要成亲，伤心之下迷失神志，与宝玉相对傻笑。

转眼春节就到了，到了正月十七，王子腾在回京途中感染风寒，误用了药，吃一剂就死了。王夫人听了，心口疼得坐不住，却挣扎着叫贾琏去帮忙处理丧事。过了一段时间，贾政外放到江西做官。

贾政上任前，贾母将他叫来，说要给宝玉娶宝钗来冲冲喜。贾政虽然不大愿意，但又不敢违（wéi）抗母命。袭人知道后，想起昔日宝玉和黛玉相处的情景，担心宝玉娶宝钗不但不能冲喜，反而是催命，害了三个人。于是，袭人去见王夫人，说了那年夏天宝玉误会她是黛玉，向她倾诉心事的事。

王夫人不知道怎么办，便将此事告诉了贾母，正巧凤姐也在。贾母听了，半日才叹道："若宝玉真是这样，这可叫人作了难了。"凤姐想了想，便想出了个掉包计来，并说："大家只说老爷做主，将林姑娘配了他了。看他什么反应，要是他全不管，

贾母要给宝玉冲喜，王夫人怕宝玉不愿意娶宝钗，凤姐建议用掉包计。

黛玉听密谋迷失本性示意图

就不用掉包,若是他有些喜欢,这事却要大费周折呢。"王夫人道:"就算他喜欢,你有什么样的办法呢?"凤姐怕泄(xiè)露机密,便分别在王夫人和贾母的耳边悄悄说了几句话。

这天,黛玉早饭后带着紫鹃去给贾母请安,同时也想着出来散散心。黛玉出了潇湘馆,走了几步,想起来手绢没带,便叫紫鹃回去拿,自己边走边等她。黛玉刚走到沁芳桥那边山石背后和宝玉葬花的地方,突然看见傻大姐正在那里哭泣,说她姐姐珍珠打了她。黛玉便问:"你姐姐为什么打你?"傻大姐道:"就是为我们宝二爷娶宝姑娘的事情。"黛玉听了这一句,心头乱跳,又让傻大姐跟她过去。傻大姐便跟着黛玉到那畸角上葬桃花的去处,那里幽静。黛玉又仔细问了傻大姐一会,只听傻大姐说宝玉和宝钗结婚一为冲喜,二是赶紧办了,好给林姑娘找婆家。黛玉已经听呆了,傻大姐还说,不知道为什么这个事大家不许声张,自己因为和袭人说:"咱们以后更热闹了,又是宝姑娘,又是宝二奶奶,这可怎么叫呢!"珍珠便打了她一巴掌,说她不遵守上头的话,要撵她出去。傻大姐说到这里又哭了起来。

黛玉此时心里五味杂陈,对傻大姐说:"你别乱说了,你再乱说,叫人听见,又要打你了,你去吧。"说着,自己转身要回潇湘馆去。只是那身子好像有千百斤重,两只脚却像踩着棉花一般,早已软了。黛玉走了半天,还没到沁芳桥畔。走的慢,又迷迷痴痴,信着脚从那边绕回来。黛玉又走了好一会,这时刚到沁芳桥畔,却又顺着堤往回走。紫鹃取了绢子回来,只见黛玉脸色雪白,身子恍恍荡荡的,眼睛也直直的,在那里东转西转,又见一个小丫头往前走了,离得远也看不出是哪一个来,心中惊疑不定,只得赶过来,问道:"姑娘这是要去哪里?"黛玉随口应道:"我问问宝玉去!"紫鹃听了,摸不着头脑,只能搀(chān)着她到贾母这边来。

黛玉走到贾母门口,心里微觉明晰,见紫鹃搀着自己,问道:"你来干什么?"紫鹃笑道:"我来送手绢呢,刚才在桥那里问姑娘话,姑娘没理我,就跟着来了。"紫鹃见黛玉迷惑,知道定是那个小丫头说了什么,心想:宝玉疯疯傻傻,姑娘又这样恍恍惚惚,要是二人说出不大体统的话,该怎么办?紫鹃心里这么想,手上却搀着黛玉进去。黛玉这时脚下又不像之前那样软了,也不用紫鹃打帘子,自己掀起帘子进来。贾母在屋里歇中觉,只有袭人出来,见黛玉过来,忙招呼她进来坐。黛玉进了宝玉房中坐下,和宝玉对着脸傻笑。忽然黛玉说道:"宝玉,你为什么病了?"宝玉笑道:"我为林姑娘病了。"袭人和紫鹃听了,吓得面目改色,忙岔(chà)开话题。谁知那两个人不答话,仍旧傻笑。袭人见了这样,知道黛玉此时心中迷惑不减于宝玉,悄悄和紫鹃说道:"姑娘才好了,我叫秋纹和你一起搀姑娘回去歇歇。"秋纹便来同着紫鹃搀起黛玉。

黛玉起来,瞅着宝玉只管笑,只管点头。紫鹃又催道:"姑娘回家去歇歇吧。"黛玉道:"可不是,我这就是回去的时候了。"黛玉一边说着一边笑着出去了,也不用丫鬟搀扶,只管往前走得飞快。紫鹃忙上去搀着:"姑娘往这边来。"黛玉仍是笑着随着紫鹃往潇湘馆来。黛玉快到潇湘馆时,身子往前一栽,"哇"的一声,一口血直吐出来。

那黛玉此时心里竟是油儿酱儿糖儿醋儿倒在一处的一般,甜苦酸咸,竟说不上什么味儿来了。

那身子竟有千百斤重的,两只脚却像踩着棉花一般,早已软了。

经典原文

倒是袭人听见帘子响,从屋里出来一看,见是黛玉,便让道:"姑娘屋里坐罢。"黛玉笑着道:"宝二爷在家么?"袭人不知底里,刚要答言,只见紫鹃在黛玉身后和他努嘴儿,指着黛玉,又摇摇手儿。袭人不解何意,也不敢言语。黛玉却也不理会①,自己走进房来。看见宝玉在那里坐着,也不起来让坐,只瞅着嘻嘻的傻笑。黛玉自己坐下,却也瞅着宝玉笑。两个人也不问好,也不说话,也无推让②,只管对着脸傻笑起来。袭人看见这番光景,心里大不得主意,只是没法儿。忽然听着黛玉说道:"宝玉,你为什么病了?"宝玉笑道:"我为林姑娘病了。"

注释:①理会:理睬。②推让:指由于谦虚、客气而不肯接受。

课外试题

黛玉知道宝玉将要和宝钗成婚,有什么样的反应?

心中五味杂陈,有苦无处诉了,精神上彻底崩溃逃避,后来人也因此而亡。

答案

第九十七回

林黛玉焚稿断痴情

人物	性格	别名	身份
王奶奶	低调本分,平庸无能	王嬷嬷	黛玉的奶妈

点题

黛玉听说宝玉与宝钗将要成婚,一病不起,临终前焚烧了宝玉送给她的旧手帕。另一边,宝玉以为娶的是黛玉,揭了盖头却看到了宝钗,糊涂得更厉害了。

黛玉刚到潇湘馆就吐了血,几乎晕倒,被紫鹃和秋纹扶进屋,躺下不久渐渐清醒过来,反而不伤心了,只求快点死去。贾母听说黛玉病重,忙和王夫人、凤姐去潇湘馆。只见黛玉脸色如雪,一点血色都没有,神气昏沉,气息微细,咳出的痰带着血,大家都慌了。

黛玉微微睁眼,看见贾母,便气喘吁吁地说道:"老太太,你白疼了我了!"贾母闻言十分难过,说道:"好孩子,你养着吧,不怕的。"黛玉微微一笑,把眼又闭上了。贾母回房,听袭人说了宝玉和黛玉之事后,说道:"咱们这种人家,这心病是断断有不得的。林丫头若不是这个病呢,我花多少钱都使得。若是这个病,不但治不好,我也没心肠了。"

晚上,薛姨妈过来听凤姐说了掉包计的执行方案后,回家后便告诉了宝

黛玉听说宝玉与宝钗将要成婚,伤心得一病不起,叫雪雁烧了火盆,焚烧了诗稿和宝玉送给她的旧手帕。

钗。宝钗始终低头不语，后来流下眼泪。次日，凤姐去试探宝玉，宝玉以为自己要与黛玉成亲，非常高兴。黛玉吃了药，病却越来越重。紫鹃等在旁苦劝黛玉保重身体，黛玉只微微笑一笑，也不答言。

这天，黛玉叫雪雁烧了火盆，又叫紫鹃将诗稿和宝玉送的旧手帕拿来。黛玉拿着那旧手帕看了看那上面题的诗，就放进了火盆里。紫鹃吓了一跳，想要抢时，又因扶着黛玉，不敢动。此时，那手帕已经烧了。紫鹃劝道："姑娘这是何苦呢？"黛玉只当没听见，又拿了诗稿，看了看，也放进了火盆里。雪雁进来见了，忙从火里抓起来，扔在地下乱踩，却烧得所剩无几了。

次日，紫鹃见黛玉的情况不妙，就去贾母的上房，见只有几个人，便问贾母和宝玉在哪儿了，那些人都说不知道。紫鹃已知七八，想到黛玉这几天没人来探问，越想越伤心。紫鹃去怡红院遇到墨雨，才知道宝玉今晚在新房成亲，只是不让潇湘馆的人知道罢了。

紫鹃深恨宝玉无情，含悲回去，见黛玉肝火上炎，两颧（quán）红赤。紫鹃觉得不妥，忙叫了黛玉的奶妈王奶奶来。王奶奶一见黛玉，便大哭起来。紫鹃以为王奶妈有些年纪，可以仗个胆，谁知也是个没主意的人，只好又叫人请李纨过来。李纨进来见黛玉不行了，一面哭一面叫准备后事。不久，平儿和林之孝家的也来了，但她们是来请紫鹃去新房帮忙。紫娟不愿意，并且哭得像泪人一般，平儿便叫雪雁过去。雪雁虽然伤心不愿意，但老太太那边不好回话，只能跟着林之孝家的去了。

新娘轿子进了门，宝玉见雪雁扶着新人，便欢欢喜喜地拜了天地。入了洞房，喜娘揭去新娘盖头，雪雁走开，莺儿等上来伺候。宝玉一看那新娘像是宝钗，还以为自己在梦中。宝玉问了袭人，知道新娘真是宝钗，便急了，口口声声说要去找林妹妹。贾母等劝不住他，便点了安息香扶他睡下，又请宝钗休息。宝钗对这一切置若罔（wǎng）闻，也和衣在内暂歇。

经典名句

容貌才情真是寡二少双，惟有青女素娥可以仿佛一二。

打破了这个灯虎，那饥荒才难打呢。

经典原文

宝玉认以为真，心里大乐，精神便觉得好些，只是语言总有些疯傻。那过礼的回来都不提名说姓，因此上下人等虽都知道，只因凤姐吩咐，都不敢走漏风声。且说①黛玉虽然服药，这病日重一日。紫鹃等在旁苦劝，说道："事情到了这个分儿，不得不说了。姑娘的心事②，我们也都知道。至于意外之事，是再没有的。姑娘不信，只拿宝玉的身子说起，这样大病，怎么做得亲呢？姑娘别听瞎话，自己安心保重才好。"黛玉微笑一笑，也不答言，又咳嗽数声，吐出好些血来。

注释：①且说：姑且先说，是章回小说中一篇或一个段落开始的习惯用语。②心事：这里指心中所思念或期望的事。

课外试题

黛玉为什么要焚烧诗稿以及手帕？

答案 诗稿是林黛玉与宝玉之间的爱情见证，也是林黛玉呕心沥血之作，并且黛玉认为宝玉辜负了她的痴情，这件事情让她万念俱灰了。

第九十八回

林黛玉魂归离恨天

人物	性格	别名	身份
傻大姐	愚钝弱智、天真可爱	痴丫头、呆大姐	贾母的粗使丫鬟

点题

黛玉去世时,正是宝玉成亲的时辰。宝玉知道黛玉去世,哭昏过去,恍惚间听一人说黛玉去了太虚幻境,醒来病好些后,便去潇湘馆哭黛玉。

　　宝玉成亲的第二天,贾政就过来拜别贾母。贾母叫宝玉给贾政送行。宝玉见了父亲稍微清醒了一些,贾政叮嘱他几句就去上任了。宝玉回来后,旧病陡(dǒu)发,更加昏聩(kuì),连饮食也不能进了。

　　过了几天,宝玉稍微清醒了,见房中只有袭人,便哭着问道:"我问你,宝姐姐怎么来的?我记得老爷给我娶了林妹妹过来,怎么被宝姐姐赶出去了?她为什么霸占住在这里?"袭人不敢明说,只说:"林姑娘病着呢。"宝玉又道:"我瞧瞧她去。"说着,想要起来。哪知连日饮食不进,身子动弹不得,便哭道:"求你回明老太太,腾一处空房子,将我同林妹妹两个抬在那里,活着也好一处医治,死了也好一处停放。"袭人此时已哭得哽(gěng)咽难言。

　　宝钗和莺儿刚好进来,也听见了,便说:"实话和你说吧,你不省人事那几天,林妹妹已经亡故了。"说着也落下泪来。宝玉听了,放声大哭,倒在床上。突然宝玉眼前漆黑，恍惚间似乎来到阴间，见眼前好像有人走来问他为什么到这里来。宝玉茫然道："有一故人离去，找寻至此处。"那人道："故人是谁？"宝玉道："姑苏林黛玉。"那人说："林黛玉已归太虚幻境，你的阳寿未尽，快回去吧。"说完，拿出一块石头，向宝玉心口抛去。宝玉被打中心窝，苏醒过来了。

原来，宝玉和宝钗成亲那天，黛玉白天已经昏了过去，就只剩下一口气了。到了晚上，黛玉才睁开眼睛，见只有紫鹃在，便拉了她的手说道："妹妹，我这里并没有亲人。我的身子是干净的，你好歹叫他们送我回去。"说完，就闭上眼睛不说话了。

探春过来，摸了黛玉的手已经凉了，连目光也散了，便哭着叫人端水给黛玉擦洗，后李纨也来了。三人还没来得及说话，猛然听黛玉叫道："宝玉，宝玉，你好……"说到"好"字，便浑身冷汗，不说了，身子也渐渐冷了。紫鹃等放声大哭。当黛玉断气之时，正是宝玉娶宝钗的时辰。

次日，凤姐听说黛玉去世，担心贾母伤心过度，便见机行事，先到了宝玉那里。听大夫说宝玉的病不妨事，贾母、王夫人才略觉放心。凤姐这才缓缓将黛玉去世的事回明贾母和王夫人。贾母听了，老泪纵横，说道："是我弄坏了她，只是这丫头也太傻气了。"说着，就要到潇湘馆去。凤姐却以宝玉要见她为由将她拦住了。

宝玉病情渐渐变好了，他执意去潇湘馆哭黛玉。贾母见拦不住，便命人拿来竹轿让宝玉坐上，亲自和王夫人等陪他过去。一见黛玉灵柩（jiù），大家都流下泪来。贾母哭得泪干气绝，凤姐等再三劝慰。宝玉想起从前自己与黛玉亲密无间，如今却是阴阳相隔，便哭得死去活来。哭完又问紫鹃，黛玉临死前有什么话说。紫鹃本深恨宝玉，见宝玉哭成这个样子，心中的恨意已消除了许多，又见贾母、王夫人等都在这里，便

哭着将黛玉生病、烧帕焚稿及临终之话一一说了出来。宝玉又哭得气噎（yē）喉干。探春也说黛玉临终前嘱咐要带灵柩回南方，贾母、王夫人又哭了起来。

经典名句 香魂一缕随风散，愁绪三更入梦遥。

经典原文 宝钗听了这话，便又说道："实告诉你说罢，那两日你不知人事①的时候，林妹妹已经亡故了！"宝玉忽然坐起来，大声诧异②道："果真死了吗？"宝钗道："果真死了。岂有红口白舌③咒人

黛玉去世，离开贾府，魂归太虚幻境。

死的呢！老太太、太太知道你姐妹和睦④，你听见她死了，自然你也要死，所以不肯告诉你。"宝玉听了，不禁放声大哭，倒在床上。

注释：①不知人事：昏迷毫无知觉。②诧异：觉得十分奇怪。③红口白舌：同"赤口白舌"，形容言语恶毒，出口伤人。④和睦：相处融洽，没有争吵。

课外试题

那句"宝玉，宝玉，你好……"饱含了黛玉怎样的思想感情？

包含了黛玉对宝玉无法倾述自己的复杂感情。

答案

033

第九十九回

贾政纵容恶奴贪污

人物	李十儿
性格	徇私舞弊、巧言令色
别名	十爷、李十太爷
身份	贾政仆人的头儿

点题

贾政刚上任时,想当好官,州县的馈送一概不受,随从李十儿等因没油水可捞,便不给贾政办事,逼得贾政妥协后,便为非作歹起来。

黛玉去世后，宝玉虽日日悲痛，又怕宝钗多心，只得渐渐将心放下来。在宝钗、袭人等人的精心照顾下，宝玉的身体渐渐恢复过来。宝玉病好以后经常去大观园里逛，贾母怕他触景伤情，不让他去。况且园中的姐妹中，宝琴回到薛姨妈那儿了，史湘云早就被接回史家了，园中只剩下李纨、探春和惜春。

贾政带着几个在京城请的幕友，日夜兼程到了江西，见了上司，便到各州县盘查粮仓收粮情况。贾政一心想当个好官，就贴出告示：收粮过程中有敲诈勒索百姓、徇（xùn）私舞弊行为的，一经查实，便如实上报。贾政刚上任，小官吏们十分畏惧，百般讨好钻营，偏偏贾政呆板固执，不肯网开一面。

贾政出门会客，等了半天才来了一个站班喝道的衙役，一个打鼓的，一个吹号筒的。上轿后等了半天，轿夫才到齐。

那些在衙（yá）门里当差的衙役和贾政带来的仆人，原想指着这份差事大捞一笔，谁知贾政执意不肯收礼。衙役们见没油水可捞，都请假走了。剩下的那几个家仆，里面有个看门的叫李十儿，他怂恿大家一起给贾政使绊子。

这天，贾政出门会客，等了半天才来了三个衙役：一个站班喝道的，一个打鼓的，一个吹号筒的。贾政上轿后等了半天，轿夫才到齐。那几个仆人也懒懒散散地跟在轿子后面。贾政很生气地说道："往常还好，今天怎么都来不齐了？"拜客回来后，贾政便传呼误班的过来，要处罚他们。那些误班的连忙解释自己误班的原因：有的说没有帽子，有的说号服当了，有的说三天没吃东西了。贾政无奈，只处罚了一两个了事。

自此，贾政事事都不顺心，无奈之下，便叫李十儿管管那些当差做事的人。李十儿说，那些书吏衙役见没油水可捞，便不愿意出力干活，又劝贾政趁此机会多捞点钱财。贾政不愿做贪官，李十儿便说，这几年做清官的都出事了，那些贪官却都升职了，老爷要外面的名声好也可以，里面的坏事就由我们来干吧。

贾政一时没了主见，只说："我是要保性命的，你们闹出来不与我相干。"说着便走了。自此，李十儿便自己做起威福，勾连内外骗贾政办事。贾政反而觉得事事周到，件件随心，不但没有怀疑李十儿，反而更加相信他。幕友们劝了几次，见贾政不信，有的便辞职走人了。

这天，贾政接到世弟周琼（qióng）的来信，说他现在海疆任职，身边有一子，想跟贾府联姻。贾政觉得周琼的

儿子和探春相配，便寄信回贾府。不久，贾政看到刑部的邸（dǐ）报，说薛蟠的案件捏造了供词，知县因此被革职。贾政看后怕自己受到牵连。李十儿却说自古官官相护，让他不用担心。

经典名句

途路虽遥，一水可通。
相争为斗，相打为殴。

经典原文

那些长随①也道："你们爷们到底还没花什么本钱来的。我们才冤，花了若干的银子，打了个门子，来了一个多月，连半个钱也没见过。想来跟这个主儿是不能捞本儿的了。明儿我们齐打伙儿告假去。"次日果然聚齐都来告假。贾政不知就里②，便说："要来也是你们，要去也是你们。既嫌这里不好，就都请便。"那些长随怨声载道③而去。

注释：①长随：官府雇用的仆役。②不知就里：不知道内幕或原因。③怨声载道：形容人们强烈的不满和怨恨。

课外试题

贾政原本要做清官的，为什么听了李十儿的一番话后，就任由他们胡作非为起来了？

答案 因为贾政是读书人出身，属于文官，下属们的勾当他难以掌握其事，并且碍于自身在其家族中的地位，加上李十儿话语中对他利益的诱导，他便只能听之任之。

宝玉知道探春将要远嫁悲伤不已，宝钗、袭人在一旁劝导他。

第一百回

宝玉伤心
探春远嫁

人物 周琼
官职 镇海总制
身份 探春未来的公公

点题

薛蟠案件被驳回,仍旧判处死刑,薛姨妈向宝钗哭诉,为了救薛蟠,薛家已倾家荡产。宝玉知道探春将要远嫁悲伤不已,宝钗等只得慢慢劝导他。

    薛姨妈为了薛蟠这场人命官司,不知道花了多少钱才判了误杀,却被刑部驳回,依旧定了死罪。薛姨妈又气又疼,日夜啼哭。宝钗常常过来劝解,又说:"我求妈妈暂且养养神,趁哥哥还在,问问各处的账目,请个旧伙计来算一算,看看还有几个钱没有。"

    薛姨妈哭着说:"你不知道,京城这边的官商名号已经被撤销(chè xiāo)了,两个当铺卖给人家,钱早花完了。你二哥哥天天在外面要账,估算京里的账亏空好几万两,只好拿南方的房子变卖才够,前两天又听说,连南方的当铺也亏本被没收了。要是这样你妈活不成了。"说着,又大哭起来。

    宝钗也哭着劝妈妈保重身体,又说自己和宝玉会给妈妈养老送终。正说着,就听见金桂在房中吵着要去法场拼命,又拿头去乱撞隔断板,薛姨妈气得直瞪眼,宝钗只得过来苦劝,好说歹说,才把她劝住。那金桂有时见了薛蝌，又变得妖妖娆娆的，薛蝌只好躲着她。

这天，宝钗在贾母房里听得王夫人告诉老太太周琼家要聘娶探春一事。贾母嫌周琼家在南海，不同意探春远嫁。王夫人说："迎丫头是嫁得近，却经常听见她被女婿打骂，甚至连饭都不给吃。前天我派人去瞧迎丫头，迎丫头让我们不要再送东西她了，她自己没拿到还被打一顿。探丫头虽然不是我亲生的，老爷即见过女婿，定然是好的才同意这门亲事。"贾母见这么说，也只得同意了。

宝钗听了，见贾府又少了一个得力的人，只得叫苦。赵姨娘听了，反而欢喜起来，心里想道："我这丫头一向看不上我，她要像迎春那样受苦才好呢。"便假惺（xīng）惺地来跟探春道喜，又说探春飞上高枝了不要忘记她这个娘。探春见她说得不像样，又气又笑又伤心。

宝玉听到宝钗和袭人谈论探春出嫁之事，"哎呀"一声，哭倒在炕上。吓得宝钗和袭人都来扶他，说："怎么了？"宝玉早哭得说不出话来，定了一回神，才说："这日子过不得了！姐妹们都一个一个地散了，难道一个都不留在家里，单留我做什么！"

袭人忙又拿话解劝。宝钗摆着手说："据你的心里，要这些姐妹都在家里陪你到老了。老爷做主，你有什么办法！打量天下独你一人爱姐姐妹妹呢，要是都像你，就连我也不能陪你了。"宝玉道："我也知道。只是为什么散得这么早呢？等我化了灰的时候再散也不迟啊。"宝钗和袭人见他又说疯话，便悄悄给他吃了定心丸，又慢慢开导，宝玉才消停下来。

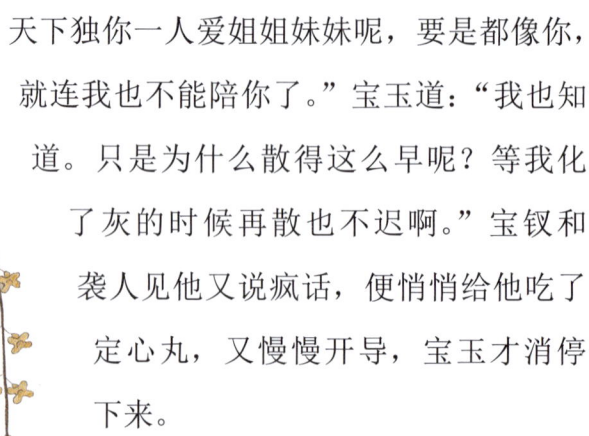

经典名句

真正俗语说的"冤家路狭"。

大凡人念书，原为的是明理，怎么你益发糊涂了。

经典原文

且说薛姨妈为着薛蟠这件人命官司，各衙门内不知花了多少银钱，才定了误杀具题①。原打量②将当铺折变③给人，备银赎（shú）罪。不想刑部驳审，又托人花了好些钱，总不中用，依旧定了个死罪，监着守候秋天大审。薛姨妈又气又疼，日夜啼哭。宝钗虽时常过来劝解，说是："哥哥本来没造化。承受了祖父这些家业，就该安安顿顿的守着过日子。在南边已经闹的不像样，便是香菱那件事情就了不得，因为仗着亲戚们的势力，花了些银钱，这算白打死了一个公子。哥哥就该改过做起正经人来，也该奉养母亲才是，不想进了京仍是这样。妈妈为他不知受了多少气，哭掉了多少眼泪。给他娶了亲，原想大家安安逸逸的过日子，不想命该如此，偏偏娶的嫂子又是一个不安静的，所以哥哥躲出门的。真正俗语说的'冤家路儿狭'，不多几天就闹出人命来了。妈妈和二哥哥也算不得不尽心的了，花了银钱不算，自己还求三拜四的谋干。无奈命里应该，也算自作自受。"

注释：①具题：指申报朝廷的题本。②打量：估计。③折变：变卖。

课外试题

赵姨娘听说探春要远嫁为什么非常高兴？这说明她是个什么样的人？

答案

因为她嫉恨一向看不上自己且胜过自己的探春如今终于要离开贾府远嫁了，她很高兴自己终于出了这口气。说明她是自私自利、愚昧无知的人。

第一百零一回

凤姐被恶犬追逐

人物	性格	意喻	身份
王仁	见利忘义，冷酷无情	忘仁	凤姐的哥哥，巧姐的舅舅

点题

凤姐路上被恶狗相随，恍惚间见到秦氏的灵魂。凤姐因见了鬼神，又诸事不顺，便去散花寺求签，众人都说凤姐求的是签好签，宝钗却认为并非好签。

探春将要远嫁，凤姐负责料理探春的行李、妆奁（lián）。这天傍晚，凤姐叫丰儿和小红跟着，一起去看看探春。出门时已见月光如水，凤姐走到茶房窗下，听到里面有人似乎在议论什么，便叫小红去打听。小红去了，凤姐带着丰儿来至园门前。

园中月色比外面更加明朗，满地下重重树影，杳（yǎo）无人声，景色凄凉寂静。突然一阵风吹过，吹得树叶乱响、宿鸟惊飞。凤姐被风一吹，冷得打起了哆嗦，便叫丰儿回家拿衣服，自己先去探春那里等着，丰儿答应着去了。凤姐继续向前走，突然感觉身后有东西在闻她，回头一看，是条黑油油的大狗，那两只眼睛恰似灯光一般，凤姐吓得魂不附体。那狗转过身，跑到大土山上站住，回身还向凤姐拱爪。

凤姐此时心跳神移，急急的向秋爽斋走去。已经快到门口，

凤姐恍惚间看见有人迎面走来，说道："婶娘只管享荣华受富贵，把我那年说的立万年永远之基都忘了。"凤姐这才想起那人是贾蓉的故妻秦氏，便说道："哎呀，你是死了的人，怎么跑到这里来了呢？"说完转身要走时，被石头绊住摔了一跤，这才仿佛从梦中醒来。凤姐毛骨悚然，远远看见小红和丰儿来了，连忙爬起来说道："你们做什么呢，去了这半天？"丰儿和小红上来搀扶，凤姐道："我才到那里，他们都睡了。咱们回去吧。"一边说，一边带了丰儿和小红急急忙忙回到家中。

次日五更，贾琏去太监裘（qiú）世安家打听事务。因太早了，随手拿了昨天的抄报来看，只见封面上面的三件刑事案件均与贾府以前的仆人有关。贾琏走后，平儿正在床上给凤姐捶后背，只听那边李奶妈被巧

凤姐进大观园去秋爽斋恍惚间见到秦氏的灵魂，被石头绊住摔了一跤，远远看见小红和丰儿来了。

[图示：凤姐月夜遇幽魂示意图]

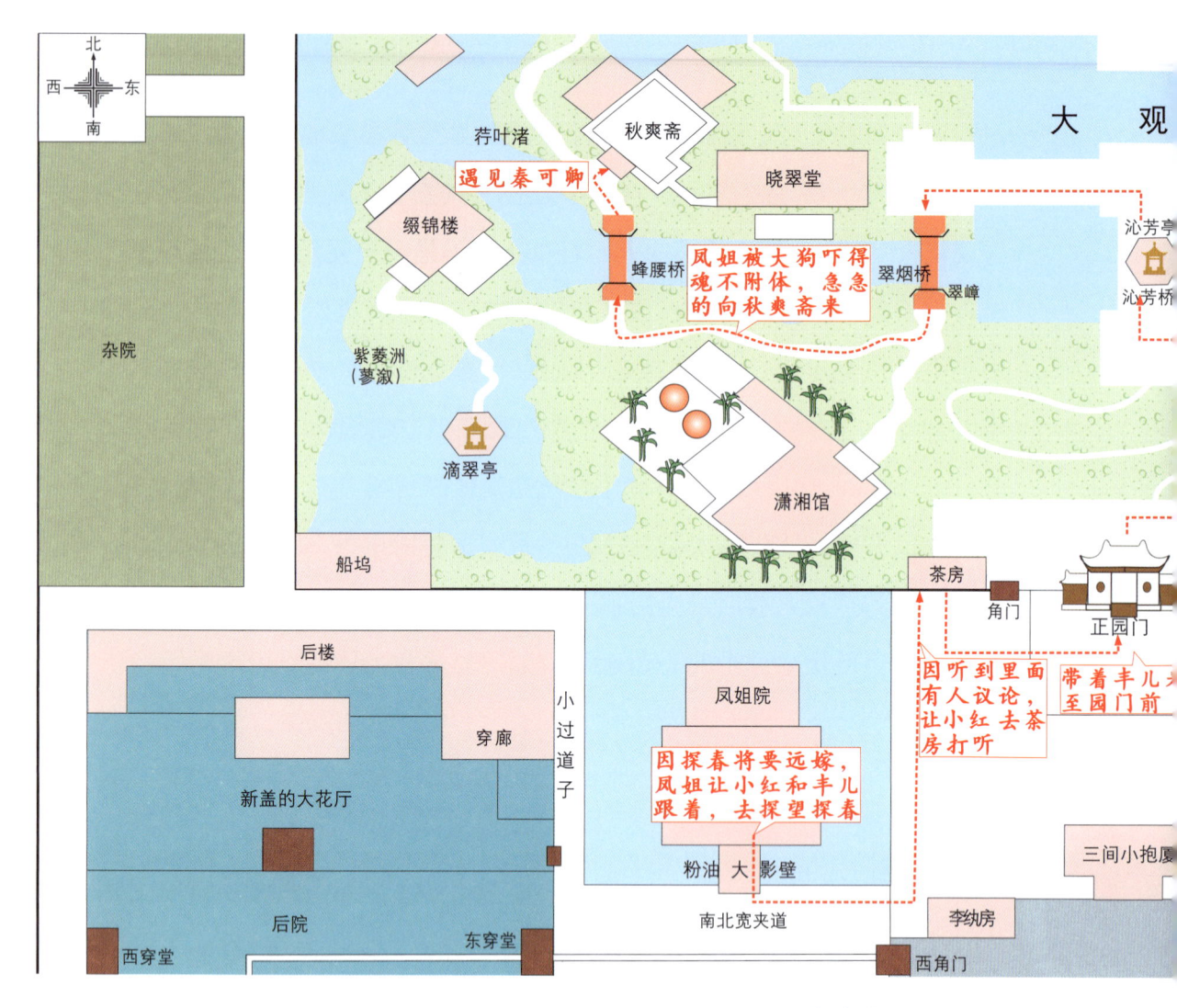

图中标注：
- 北/南/东/西 方位
- 大观（园）
- 荇叶渚、秋爽斋、晓翠堂
- 缀锦楼、蜂腰桥、翠烟桥、翠幄
- 沁芳亭、沁芳桥
- 紫菱洲（蓼溆）
- 滴翠亭、潇湘馆
- 船坞、茶房、角门、正园门
- 杂院
- 后楼、穿廊、小过道子
- 新盖的大花厅、凤姐院
- 后院、西穿堂、东穿堂
- 粉油大影壁
- 南北宽夹道、西角门
- 三间小抱厦、李纨房

标注说明：
- 遇见秦可卿
- 凤姐被大狗吓得魂不附体，急急的向秋爽斋来
- 因探春将要远嫁，凤姐让小红和丰儿跟着，去探望探春
- 因听到里面有人议论，让小红去茶房打听
- 带着丰儿至园门前
- ------▶ 凤姐去看望探春路线

凤姐月夜遇幽魂示意图

姐哭声惊醒，正在打骂巧姐。凤姐气得叫平儿去打李奶妈，却被平儿劝住了。凤姐伤心地说："我死后不知道巧姐要遭受什么样的罪，我早已知道我命不长了。"平儿听了，忍不住伤心落泪。

　　这时，贾琏回来抱怨王仁不是人。原来，王仁以王子腾的名义贪污了几千两银子，现在御史因这件事弹劾（hé）王子腾亏空。王子腾已去世，因此朝廷便要其弟王子胜和侄子王仁赔补。王子胜和王仁便找贾琏摆平

这件事。贾琏去找太监裘世安帮忙,没见着人,而今天王仁却为了赚钱,借王子胜生日之名摆酒请客。凤姐这才知道哥哥是这样的人,但她一向要强护短,便跟贾琏吵了几句。贾琏吵不过她,起身走了。

凤姐起来,正在梳洗,有王夫人的丫鬟过来说凤姐要去舅太爷家的话就带着宝钗一起去。凤姐因为刚和贾琏争执,昨夜又受了惊,便不准备去,但又觉得宝钗出门自己应当去照应一下。于是又去见过王夫人,便过来到宝玉房中。只见宝玉正两个眼睛呆呆地看宝钗梳头。凤姐出言打趣了他俩一会,见宝钗和宝玉夫妻恩爱,想到贾琏刚才那个样子,不由得伤心起来,怕被人看出来,便和宝钗说陪她一起去见贾母,说完便笑着出了房门,和宝钗一同来见贾母。

二人去贾母房中,听散花寺大姑子说,散花菩萨(pú sà)道行高深,非常灵验,不由得动了心。初一清晨,凤姐带着平儿和众奴仆去散花寺求签,只见签上头写着"王熙凤衣锦还乡",底下写有一首诗。众人都说此签为吉言,只有宝钗回房后告诉宝玉,此签并非好事。

凤姐因见了鬼神，又诸事不顺，便去散花寺求签。

经典名句

犹见谈经之处天花散漫，所求必灵，时常显圣，救人苦厄。

蜂采百花成蜜后，为谁辛苦为谁甜。

经典原文

于是主仆二人方推门进去。只见园中月色比外面更觉明朗，满地下重重树影，杳（yǎo）无人声①，甚是②凄凉寂静。刚欲往秋爽斋这条路来，只听唿唿的一声风过，吹的那树枝上落叶，满园中唰喇喇的作响，枝梢上吱娄（lóu）娄的发哨，将那些寒鸦宿鸟都惊飞起来。凤姐吃了酒，被风一吹，只觉身上发噤（jìn）③。那丰儿也把头一缩说："好冷！"凤姐也撑不住，便叫丰儿："快回去把那件银鼠坎肩儿拿来，我在三姑娘那里等着。"

注释：①杳无人声：形容静悄悄的没有一丝声音。②甚是：很是；极为。③发噤：因寒冷而哆嗦。

课外试题

凤姐在大观园中遇到了谁，为什么她觉得自己命不长了？

答案

遇见了秦氏的鬼魂尤二姐，这让她受了惊吓，她身体本来就虚弱，又偏偏遇这些鬼怪之事，所以她相信自己不长了。

第一百零二回

大观园
符水驱妖孽

人物 毛半仙
性格 高深莫测
身份 江湖术士

点题

尤氏从园中回家后发热发狂，毛半仙说尤氏撞邪了。消息传出，谣言四起，人人自危，大观园被封锁，贾赦请道士作法，才没人再提此事。

宝钗刚要跟宝玉解说"衣锦还乡"四个字，就被王夫人叫走了。

第二天，探春来和宝玉辞别，宝玉不愿分别，却也无可奈何。探春临走前又劝说宝玉一番，见宝玉似有醒悟之意，便放下心来，辞别众人，安心远行了。

先前众姐妹都住在大观园中，后来贾妃薨（hōng）后，也不修缮了。到了宝玉娶亲，黛玉一死，湘云回家，宝琴在薛家住着，园中人少，李纨姐妹、探春、惜春等俱挪回旧所。如今探春一去，宝玉病后不出屋门，所以园中寂寞，只有几家看园的人住着，那日尤氏过来送探春起身，因天晚不想再套车，便从前年在园里开通往宁府的那个便门里走过去了。尤氏一路走着，只觉得凄凉满目，心中怅（chàng）然如有所失，回家后便发热病倒，服了药也不见效，之后还发起狂来，胡言乱语的。

贾珍着急，便叫贾蓉去外头多请几位好医生来瞧瞧。贾蓉请来毛半仙占卜卦象。那毛半仙装神弄鬼半天，算了一卦，说尤氏之病是因为撞着了鬼怪，到了戌（xū）日就好了。贾蓉起先以为他是捣鬼，心里忍不住要笑，之后见他讲得卦理明白，便信了他，回去禀报贾珍。

贾珍命人去园子中烧纸，果然尤氏夜里出了汗，不再发狂了。到了戌日，尤氏也就渐渐好了起来。于是一传十，十传百，人人都说大观园中有了妖怪。之后，贾珍病倒，也不看医生，只是烧纸许愿，详星拜斗。贾珍病好后，贾蓉等又相续病了。如此接连数月，闹得两府人人害怕，大观园因此被封锁了。

不久，晴雯的表嫂多姑娘因吃错药去世，人人都说是妖怪害死的。贾赦不信，带人去园子中，果然阴气逼人。有个年轻的仆人看见五色灿烂的一件东西跳过去，吓得摔倒，撒谎说看见一个黄脸红须绿衣青裳的妖怪进了山洞。贾赦问其他人，都说看见了。贾赦害怕，急忙回去请法师驱邪。

那日，两府上下爷们仗着法师擒妖，都到园中观看。贾蓉等见法师们装神弄鬼，背地里都笑得不行，说搞那么大的排场，结果连一个妖怪都没见着。贾珍听见骂道："糊涂东西，妖怪原是聚则成形，散则成气，如今多少神将在这里，还敢现形吗？"众人听了将信将疑。法师走后，园中果然不再出事，人人都知道是妖怪被抓走了。只有一个小子说，那天他跟贾赦进园，没有看到妖怪，只看到一只大野鸡飞过，但是没人信他的话。

这天，贾琏回来说："二叔被节度使弹劾，可能要革职。"贾赦听了不信，因为前天贾政来信说，节度使认探春做了干女儿。贾琏又去打听，得到确切消息，说贾政被参，罪名是失察下属，重征粮米，敲诈百姓，本应革职，皇上念他受到下属蒙蔽，只降三级，回京仍任工部员外郎。

050

院内众人的离散示意图

经典名句

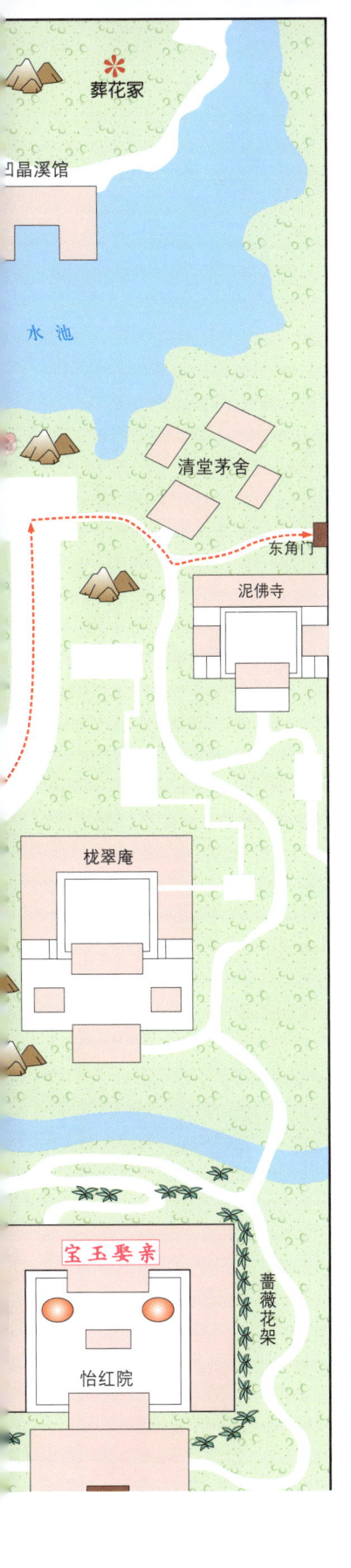

花朝月夕，依旧相约顽耍。

凄凉满目，台榭依然。

由是，一人传十，十人传百。

从此风声鹤唳（lì），草木皆妖。

经典原文

贾珍等进去安慰定了。只闻尤氏嘴里乱说："穿红的来叫我，穿绿的来赶我。"地下这些人又怕又好笑。贾珍便命人买些纸钱送到园里烧化，果然那夜出了汗，便安静些。到了戌日，也就渐渐的好起来。由是一人传十，十人传百，都说大观园中有了妖怪。唬得那些看园的人也不修花补树，灌溉果蔬。起先晚上不敢行走，以致鸟兽逼人，甚至日里也是约伴持械（xiè）而行。过了些时，果然贾珍患病。竟不请医调治，轻则到园化纸许愿，重则详星拜斗。贾珍方好，贾蓉等相继而病。如此接连数月，闹得两府俱怕。从风声鹤唳（lì）[1]，草木皆妖。园中出息一概全蠲（juān）[2]，各房月例重新添起，反弄得荣府中更加拮据（jié jū）[3]。那些看园的没有了想头，个个要离此处，每每造言生事，便将花妖树怪编派[4]起来，各要搬出，将园门封固，再无人敢到园中。以致崇楼高阁，琼馆瑶台，皆为禽兽所栖[5]。

贾府中传言大观园中有妖怪，贾赦封锁大观园，请道士作法。

注释：①风声鹤唳：形容惊慌失措、自相惊扰。②蠲：免除、去掉。③拮据：指钱不够用，经济窘(jiǒng)迫。④编派：夸大或捏造是非。⑤栖：停留、居住。

> 课外试题

大观园中真有妖怪吗？贾府众人为何害怕？

答案：大观园中没有妖怪，贾府众人是因为害怕而产生幻觉，众神乎其神的谣言甚上加上，他们自己又相互影响，感觉好像真的有妖怪出没一样。

053

第一百零三回

夏金桂误服毒药

人物 贾雨村

性格 贪婪虚伪、忘恩负义

意喻 假语村言

身份 林黛玉的启蒙老师

点题

夏金桂喝了下了毒的汤死去，宝蟾诬陷香菱，夏家来大闹。宝蟾后来证实毒药是夏金桂下的。贾雨村勘（kān）查公务时，在一个小庙遇见甄士隐。

贾琏将贾政被参贬（biǎn）官将要回京之事告诉了王夫人。王夫人反而放下心来，说道："如果不是那样地被参回来，只怕叫那些混账东西把老爷的性命都坑了呢！"贾琏道："太太怎么知道？"王夫人说："你二叔

夏金桂使毒计陷害香菱，阴差阳错，自己喝了下了毒的汤死去。

没拿钱回来反而要家里补贴，那些跟出去的人，在外没多久，小老婆都穿金戴银了，可不是瞒着老爷弄钱？"

正说着，只见薛家的老婆子慌慌张张地走来，说："我们大奶奶死了。"王夫人便叫贾琏去看看。贾琏见了薛姨妈，才知道金桂是中毒身亡的。原来，薛蟠判了死刑后，金桂哭了一场，便擦脂抹粉起来。最近，突然将香菱要去做伴，又对香菱极好。昨晚，金桂叫宝蟾做两碗汤来，说要跟香菱一起喝，结果喝完不久，金桂就中毒身亡了。宝蟾一口咬定是香菱下的毒，薛姨妈只得将香菱捆了起来，关在金桂房中，让宝蟾守着。

正说着，就见宝钗也来了。大家商议后，贾琏命人将宝蟾也捆了起来，一面去报官，一面通知夏家。那夏家的人听说金桂死了，啼啼哭哭来找薛姨妈拼命。正在这危急时刻，贾琏带了七八个家人进来，才将夏三拉出去，又叫金桂母亲一起去金桂房中。

宝蟾见夏家的人来了，便哭喊着说是香菱害死了金桂。贾府的人都说她胡说。金桂的母亲奔向香菱时被众人拦住。金桂的母亲转身时发现了一个纸包。只听宝蟾说这个纸包是金桂向夏三要来，里面包着砒（pī）霜，放在首饰盒里。金桂母亲打开金桂的首饰盒，薛姨妈发现里面好多首饰不见了，打开箱子都是空的。薛姨妈问宝蟾东西哪里去了。宝蟾说被金桂带回家了。金桂的母亲骂宝蟾："你再胡说，等见了官，我就说你毒死姑娘。"

宝蟾为了自证清白，便说出了事情的真相：金桂让宝蟾做汤，宝蟾觉得香菱不配喝她做的汤，便悄悄在其中一碗汤里加了一把盐，并做了记号。刚端上来，金桂就找借口让她出去，香菱因病没喝汤。宝蟾回来发现加盐的那碗汤放在金桂这边，就悄悄调换了位置，结果金桂喝汤后就中毒了。众人这才知道，是金桂自己害死了自己，便将香菱和宝蟾都放了。夏家母子怕见官，也答应去刑部签拒检文书。

贾雨村升了京兆府尹务，这天出京办公时，在一座小庙里见到一个道士，这道士的面貌有些熟悉。开始贾雨村还想不起来，后来才想起那道士就是甄士隐，便邀请他到家中居住。甄士隐不肯，只说以后会见面的，说完就合目打坐。贾雨村只得出去，正要渡河，见一人飞奔而来。

经典名句

一人拼命，万夫莫当。

玉在椟（dú）中求善价，钗于奁（lián）内待时飞。

经典原文

婆子道："我们大奶奶死了！"王夫人听了，啐道："呸，那行子女人死了就死了罢咧，也值的大惊小怪①的。"婆子道："不是好好儿死的，是混闹②死的。快求太太打发③人去办办！"说着就要走。王夫人又生气，又好笑，说："这婆子好混账。琏哥儿，倒不如你过去瞧瞧，别理那糊涂东西。"

注释：①大惊小怪：形容对没有什么了不起的事情过分惊讶。②混闹：胡闹；无理取闹。③打发：这里是派出的意思。

课外试题

夏金桂到底是怎样作法自毙，自己害了自己的？

答案：她是想借燕窝汤下毒，谁想到薛蟠不在家，只有宝蟾和她在一起，又在汤中下毒，偏又被摆了位置，最后当然要将毒药灌到自己嘴里了。也是她自作自受。

第一百零四回

醉金刚撒泼被捕

人物	性格	别名	身份
倪二	轻财尚义	醉金刚	贾芸的街坊邻居

点题

倪二被贾雨村抓进大牢，其妻女求贾芸找荣府说情，贾芸未办成。倪二以为贾芸忘恩负义，便扬言要揭露贾府丑事。贾政回京叮嘱家人不要惹事。

　　贾雨村刚要渡河，就见有人飞奔来报，说刚才进去的小庙着火了。贾雨村回头看去，只见那小庙火光冲天，便问道："你见那老道士出来了没有？"那人说没有，贾雨村虽然怀疑甄士隐仍在庙中，但他是个只关心名利的人，只叫人去查看，便转身离开了。

　　贾雨村回到京城，刚进都门，就见倪二在街心喝酒撒泼，并且还对他出言不逊（xùn）。贾雨村大怒，命人将倪二打了一顿，关入大牢。

　　晚上，倪二的妻女不见倪二回来，便到各处赌场寻找。赌博的都说倪二被关进大牢了，倪二女儿急得哭了起来。众人都道："你不用着急。那贾大人是荣府一家的。荣府里的芸二爷和你父亲相好，为什么不找他去呢？"

　　倪家母女听了去找贾芸，贾芸一口应承了。谁知贾芸自从那日给凤姐送礼物被拒后，就不好意思再去荣府了。那贾府的门子见贾芸不常来，

贾政贬官回家示意图

会芳园区域:
- 依山之榭
- 丛绿堂
- 五间正殿
- 抱厦月台
- 贾氏宗祠
- 五间大门
- 贾政和众子侄至宗祠行礼

私巷

府邸区域:
- 东院
- 东小院
- 赵姨娘房
- 周姨娘房
- 贾政内书房
- 三层仪门
- 贾赦院
- 贾赦外书房
- 东角门
- 东廊三间
- 小正房
- 王夫人院
- 后廊
- "体仁沐德"院
- 倒座三间小小的抱厦厅
- 后楼
- 荣禧堂后身
- 五间大正房（荣禧堂）
- 耳房
- 厢房
- 贾政院
- 内仪门
- 穿堂
- 暖阁
- 向南大厅
- 仪门
- 角门
- 王夫人等女眷在荣禧堂迎接
- 贾政与众人相见，定明日拜祠堂，后又问起黛玉
- 贾政回到自己屋内
- 五间上房
- 小小的三间厅
- 贾母院
- 穿堂
- 垂花门
- 宝玉外书房（绮霞斋）
- 拜见贾母，告知探春安好
- 贾政先到了贾母这里
- 一射之地

东 北 南 西

-----▶ 贾政回府路线

058

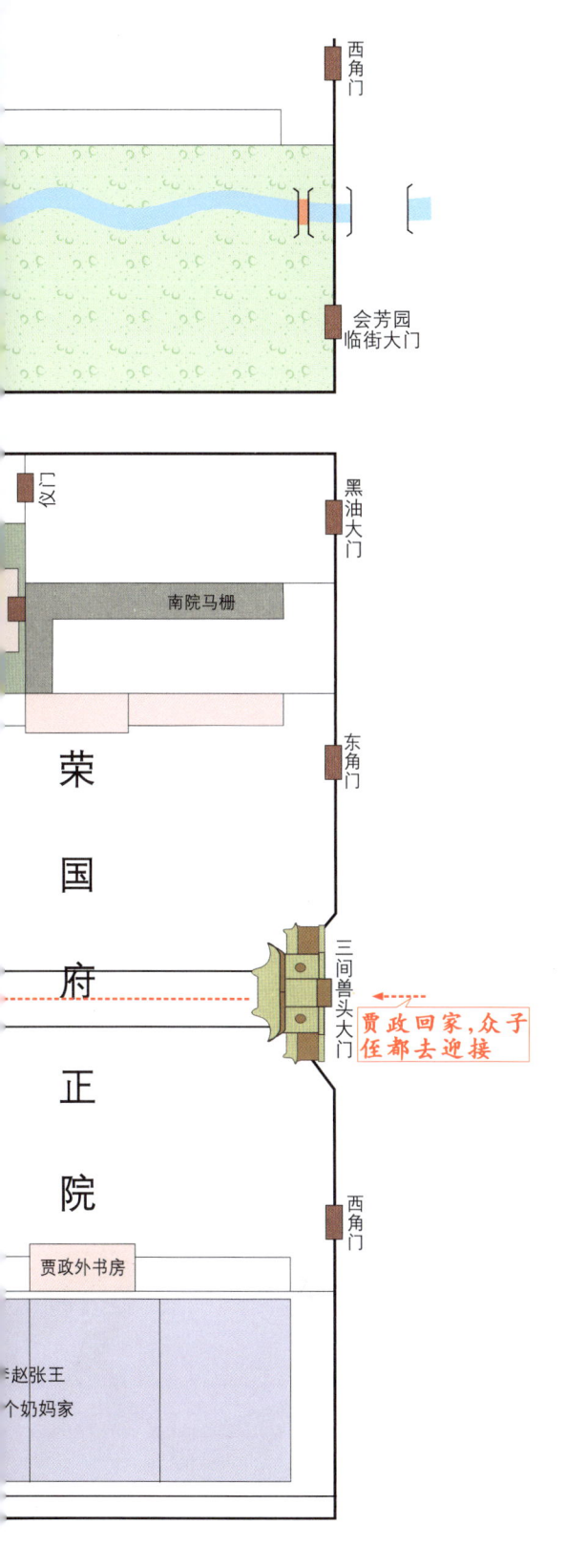

就认为他不受主子欢迎，因此见他来了，也不去回禀。贾芸去了几次，连荣府大门都没得进，只得对倪氏母女撒谎说，荣府已派人去说了，但贾大人不依。倪家母女只得另托人将倪二弄了出来。倪二出来后，以为贾芸忘恩负义，便扬言要揭露贾府的丑事。

贾雨村听随从来报，说那小庙已化成了灰，什么也没找到。贾雨村听了，心下明白，知道是甄士隐仙去了。贾雨村正想着甄士隐的话，突然听说贾政回朝，忙到内阁找贾政。贾政告诉贾雨村，皇上只是问了云南私带神枪一案的主犯是不是贾府的人，自己这次有惊无险。

贾政回家，众子侄都去迎接。王夫人等女眷则在荣禧（xǐ）堂迎接。贾政先到了贾母那里拜见，说了一会话，又说了探春安好的消息。贾母这才放下心来。贾政回到自己屋内，与众人相见，定了明日清晨拜祠堂。贾政回来后发现众人之中独不见黛玉，因为贾府之前给贾政的家书没说到黛玉去世的事，加上贾政又刚回来，王夫人不便说出实情,因此只说黛玉正病着。哪知宝玉听了又想起黛玉来,不由得心如刀绞。晚上,王夫人才将黛玉已死的事告诉贾政。贾政吃了一惊,不觉掉下泪来,连声叹息。王夫人也忍不住落泪。

次日一早,贾政和众子侄至宗祠行礼。行完礼后,贾政到祠旁厢房叫了贾珍、贾琏过来,告诫(jiè)他们"诸事要谨慎,孩子们该管教管教,别叫他们在外头得罪人"。贾珍等只答应个"是"字,不敢再说什么。

话说宝玉听贾政问起黛玉,自己暗地里伤心,回到自己屋子后,就坐在外间发呆。宝钗叫袭人茶送过去,知他必是怕老爷查问功课,所以才这个样子,只得过来安慰。宝玉便让宝钗先睡,他自己再定定神。宝钗去歇息后,宝玉想起黛玉临终前焚毁了诗稿,连个念想都不给他留下,觉得其中一定有什么原因,便请袭人去叫紫鹃过来,想细问当时的情况。袭人听了,只说太晚了,等明天问不迟。宝玉只得作罢。

经典名句 只见烈焰烧天，飞灰蔽（bì）目。

经典原文 雨村过河，仍自去查看，查了几处，遇公馆便自歇下。明日又行一程，进了都门，众衙役接着，前呼后拥的走着。雨村坐在轿内，听见轿前开路的人吵嚷。雨村问是何事。那开路的拉了一个人过来跪在轿前禀（bǐng）道："那人酒醉不知回避，反冲突过来。小的吆喝他，他倒恃（shì）酒撒赖，躺在街心，说小的打了他了。"雨村便道："我是管理这里地方的。你们都是我的子民，知道本府经过，喝了酒不知退避，还敢撒赖！"那人道："我喝酒是自己的钱，醉了躺的是皇上的地，便是大人老爷也管不得。"雨村怒道："这人目无法纪，问他叫什么名字。"那人回道："我叫醉金刚倪二。"雨村听了生气，叫人："打这东西，瞧他是金刚不是。"手下把倪二按倒，着实的打了几鞭子。倪二负痛①，酒醒求饶。雨村在轿内哈哈笑道："原来是这么个金刚。我且不打你，叫人带进衙门慢慢的问你。"众衙役答应，拴②了倪二拉着就走。倪二哀求也不中用。

注释：①负痛：指遭受伤痛。②拴：用绳子系住。

课外试题

贾雨村明知甄士隐还在庙中，见庙里起火为什么不亲自去查看？

答案：因为贾雨村是个只关心自己利益的人，他根本没有把自己的恩人放在心上，并且只想多办几个大的利益，可能还会有升官发财的名声。

第一百零五回

西平王奉旨查抄贾府

人物	性格	别名	身份
赵全	假公济私、贪得无厌	赵堂官	锦衣府堂官

点题

锦衣府奉旨抄贾赦的家,却连贾政家也要抄,幸好北静王及时来阻止,贾琏被凤姐连累和贾赦一起被带走,贾政听焦大说宁国府也被抄家了。

这天,贾政正设宴请酒,忽见赖大进来说:"有锦衣府堂官赵老爷带领好几位司官前来拜望,已经下车走进来了。"贾政听了,心想自己与赵老爷并无交集,他来干什么?正想着,只见二门上家人又进来说:"赵老爷已进二门了。"贾政等忙去迎接。只见赵堂官满脸笑容,并不说什么,走上厅来,后面跟着几个司官。

贾政正要说话,只见家人慌张来报,说:"西平王爷来了。"贾政连忙跪接。西平郡王用两手扶起贾政,笑着说道:"无事不敢轻造,奉旨交办事件,请众位亲友各自散去。"那些亲友听了便飞快地跑了。贾赦、贾政等吓得面如土色,浑身发抖。不一会儿,只见进来无数番役,把守各门。

这时西平王说道:"小王奉旨带领锦衣府赵全来查看贾赦家产。"贾赦等听见,俱俯伏在地。赵堂官便下令:"拿下贾赦,其余都看守起来。"

原来，有人告发贾赦勾结外官、恃（shì）强凌弱。皇帝查明后，下令将贾赦革职查办。赵全说贾赦和贾政没有分家，贾政的屋子也得查抄。说完，那些衙役就分头查抄去了。不久就有锦衣司官跪禀说："在里面查出了御用的衣裙以及很多禁用的物品，不敢擅自处置，特地回来请示王爷。"一会儿又有一伙人来禀报说："在东跨房抄出两箱地契（qì）和房契，还有一箱借据，却都是违规取利的。"赵全便说："好个重利盘剥！很该全抄！"正说着，又有人来报，说主上命北静王来这里宣旨。赵堂官听了便带人迎出来了。

只见北静王已到大厅，向外站着，说："奉旨意：'着锦衣官只准提贾赦质审，其他人交给西平王遵旨查办。钦此。'"西平王领了圣旨，便令赵堂官提取贾赦回衙。里头查抄的人听说北静王来了，都出来了，又听说赵堂官走了，便等着王爷的命令。北静王将贾政叫来，说了圣上旨意，又安慰贾政一番。接着北静王吩咐司官依命行事，不许胡混乱动。

贾母那边女眷也在摆宴，大家正在说笑，就见邢夫人那边的人一路叫嚷着冲进来，说："老太太、太太，不……不好了！有很多穿着靴子戴着帽子的强……强盗来了，翻箱倒柜地来拿东西。"贾母等人听了，都愣住了。又见平儿披头散发地拉着巧姐哭啼啼地来说："来旺让我来说，请太太们回避，外面王爷就要进来查抄家产了。"众人等都吓得魂飞天外，凤姐更是直接晕死过去了。

幸好贾琏跑进来说："好了，好了，幸亏王爷救了我们了！"大家忙将凤姐叫醒。贾琏听见外头叫他，只得出去。贾政同司员登记物件。登记完，两位王爷问道："所抄家产内有高利贷借券（quàn），是谁干的？"贾琏忙回道："都是我屋里抄出来的，与叔叔无关。"于是，两位王爷叫人将贾琏看守住，然后入宫复旨，贾政等就在二门跪送。

荣国府被抄家示意图

东小院 / **赵姨娘房** / **周姨娘房**

东廊三间 / **小正房** / **王夫人院**

后廊

贾政内书房 "体仁沐德"院

贾赦院

贾赦被查抄

耳房 / **厢房** / **穿堂** / **暖阁**

倒座三间小小的抱厦厅 / **后楼** / **荣禧堂后身** / **（荣禧堂）五间大正房** / **贾政院** / **内仪门** / **向南大厅**

赵唐官命令拿下贾赦，并借口贾政的屋子也要查抄

贾政跪……西平王……来查看……

北静王进厅宣旨

耳房 / **厢房** / **穿堂** / **暖阁**

五间上房 / **的小小三间厅** / **贾母院** / **穿堂** / **垂花门**

宝玉外书房（绮霰斋）

东 北 南 西

064

荣国府正院平面图

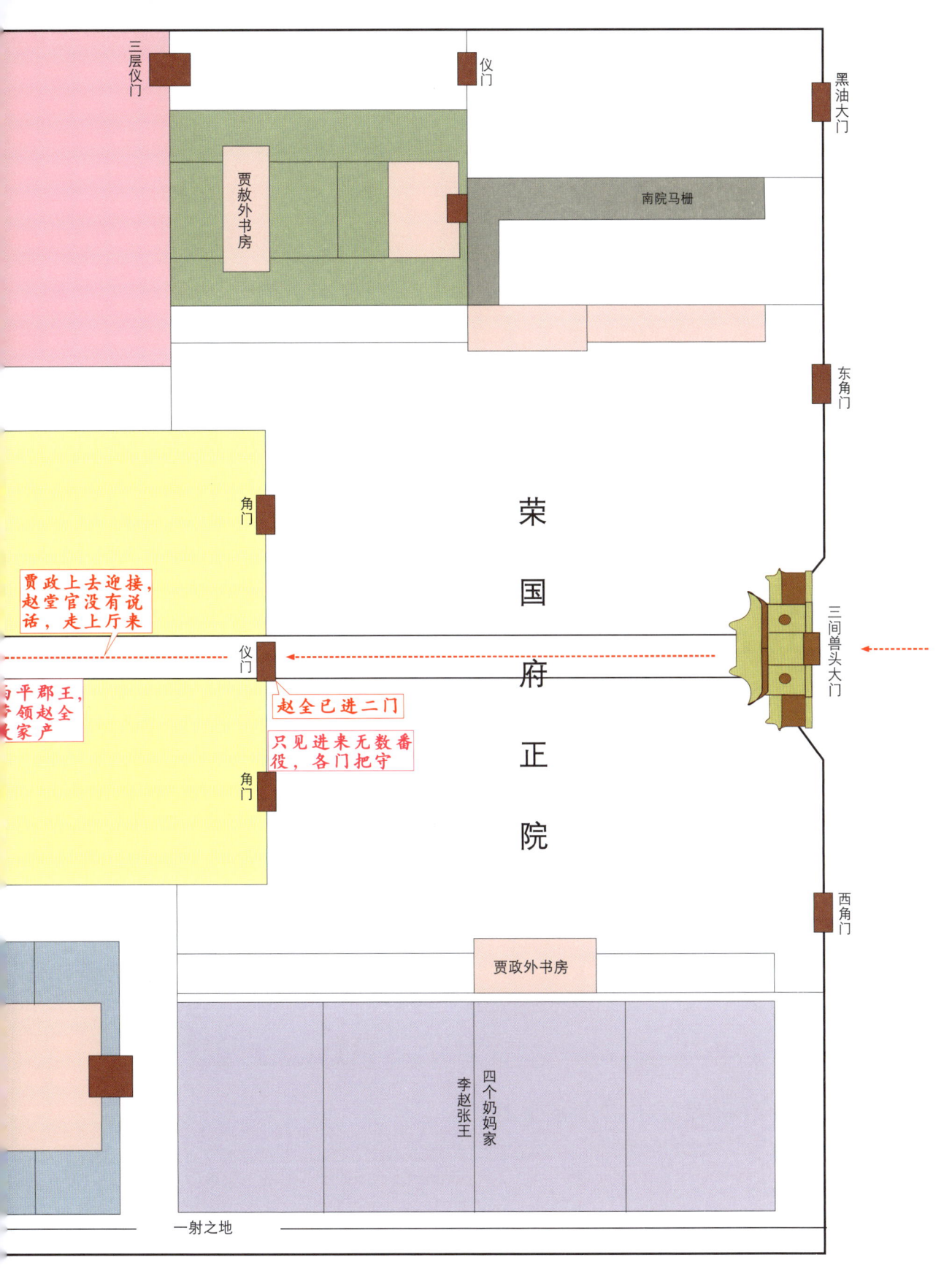

建筑标注：
- 三层仪门
- 仪门
- 黑油大门
- 贾赦外书房
- 南院马栅
- 东角门
- 角门
- 荣国府正院
- 三间兽头大门
- 角门
- 西角门
- 贾政外书房
- 四个奶妈家（李赵张王）
- 一射之地

红色批注：
- 贾政上去迎接，赵堂官没有说话，走上厅来
- 西平郡王，⋯领赵全⋯家产
- 赵全已进二门
- 只见进来无数番役，各门把守

---------→ 赵全前往荣国府路线

065

贾政进贾母房中，贾母奄奄一息的，微开双眼，说："我的儿，不想还见得着你！"一声未了，便嚎啕大哭起来，于是众人都哭起来。贾政再三劝慰，贾母见贾政无事，心中微安，听到贾赦被带走，又伤心起来。

贾政到了外面，心惊肉跳，拈（niān）须搓手地等候旨意。突然见焦大跑来说，宁国府也被查抄了。贾政心如刀绞（jiǎo），不久又见薛蝌气呼呼地说："两个御史听说珍大爷引诱世家子弟赌博，强占良民妻女为妾，逼死人命，那御史恐怕消息不准，又拉出一个姓张的来。"这应该是尤二姐的事被倪二告发了，这姓张的就是尤二姐曾经的未婚夫张华了。

经典名句 那些亲友听见，就一溜烟如飞地出去了。

经典原文 众人知是两府干系①，恨不能脱身。只见王爷笑道："众位只管就请，叫人来给我送出去，告诉锦衣府的官员说，这都是亲友，不必盘查②，快快放出。"那些亲友听见，就一溜烟③如飞的出去了。独有贾赦贾政一干人，唬得面如土色，满身发颤。

注释：①干系：指牵涉责任的关系。②盘查：意思是盘问检查。③一溜烟：比喻人或有生命的东西跑得很快。

课外试题

荣宁两府是因为什么事被抄家的？

答案 荣国府因为贾赦的石呆子扇子事件，宁国府因为贾珍聚赌以及贾蓉强娶尤二姐之事等被抄。

第一百零六回

凤姐致祸
心中羞愧

人物 琥珀

性格 机灵直爽、心直口快

身份 贾母的大丫鬟

点题

皇帝不忍加罪，只没收贾赦的家产，其余都退还。贾政仍任工部员外郎，贾琏革去官职，免罪释放。贾母焚香祷告，愿以生命来抵消儿孙的罪孽。

薛蝌又出去打听，半天回来说："李御史今早参奏平安州奉承京官迎合上司，虐害百姓。那京官就是赦老爷。"贾政顿足埋怨贾赦糊涂。

贾政又听外面说内廷有信，急忙出来迎接。只见北静王府长史来报喜，说："圣上不忍加罪，仍让大人任工部员外郎，只将贾赦的家产入官，余者退还。放高利贷的银子违律，照例入官。贾琏革去官职，免罪释放。"贾政听完，立即叩谢天恩，又拜谢王爷恩典。

贾琏回房，见除了按例退回的东西，其他的都被抢光，心中悲痛异常；因贾政命他出去打听贾赦和贾珍的消息，便含泪答应了出去。贾政连连叹气，想道："世职都被革去，子孙没一个长进的。听琏儿说，库房不但没银子，还亏空了很多。只恨我没个帮手，宝玉更是无用之物。"

贾政正悲伤，这时众亲友都来探望，劝他要严管家人，特别要严查那些坑害主人的恶奴。贾政听了连连点头，又见有人来回禀说："孙姑爷打发人来说，有事不能来。说大老爷欠他的银子，要在二老爷身上还的。"贾政心内忧闷，只说："知道了。"众亲友纷纷骂孙绍祖真是混账。

贾琏打听父兄的消息，知道情况不妙，又无法可施，只得回家。平儿守着凤姐哭，见贾琏回来，便请他去请医生给凤姐看病。贾琏啐道："我的性命还不保，我还管她？"凤姐听了，眼泪直流，深悔自己以前贪财，才导致今日的祸事。贾琏出去后，凤姐便求平儿在自己死后好好照顾巧姐。平儿听了放声大哭，又怕凤姐寻短见，只得紧紧守着她。

贾母心疼凤姐，便叫鸳鸯拿自己的钱给她，命王夫人照看邢夫人，又命人将尤氏婆媳接过来照顾。贾琏见账房实在没钱，只得暗中典卖田地。那些家奴见家主势败，趁机中饱私囊，贱卖贾府产业。

贾母见家中遭难非常难过，晚上拄拐走到院中，上香跪下祷告："求皇天保佑儿孙逢凶化吉，让我早些死，只求饶过我的儿孙。"说着忍不住伤心哭泣。不久，史侯家派人来看贾母，又说湘云这两天要出嫁了，所以才不能来的。贾母听说湘云姑爷为人很好，很是高兴。

贾政不放心家里，叫赖大拿账本来，发现家里真的入不敷出，急得背着手踱来踱去。贾政正在想办法，只见一人飞奔进来说："请老爷快进内廷问话。"贾政听了心中惊慌，只得前往内廷。

经典名句　我的心就像在热锅里熬的似的。
两口子和顺，百年到老。

经典原文　且说贾琏打听得父兄之事不很妥，无法可施①，只得回到家中。平儿守着凤姐哭泣，秋桐在耳房②中抱怨凤姐。贾琏走近旁边，见凤姐奄奄一息③，就有多少怨言，一时也说不出来。平儿哭道："如今事已如此，东西已去不能复来。奶奶这样，还得再请个大夫调治调治才好。"贾琏啐道："我的性命还不保，我还管她么！"凤姐听见，睁眼一瞧，虽不言语，那眼泪流个不尽，见贾琏出去，便与平儿道："你别不达事务了，到了这样田地，你还顾我做什么。我巴不得今儿就死才好。只要你能够眼里有我，我死之后，你扶养大了巧姐儿，我在阴司里也感激你的。"平儿听了，放声大哭。凤姐道："你也是聪明人。他们虽没有来说我，他必抱怨我。虽说事是外头闹的，我若不贪财，如今也没有我的事，不但是枉费心计，挣了一辈子的强，如今落在人后头。我只恨用人不当，恍惚听得那边珍大爷的事说是强占良民妻子为妾，不从逼死，有个姓张的在里头，你想想还有谁，若是这件事审出来，咱们二爷是脱不了的，我那时怎样见人。我要即时就死，又耽不起吞金服毒的。你到还要请大夫，可不是你为顾我反倒害了我了么。"平儿愈听愈惨，想来实在难处，恐凤姐自寻短见，只得紧紧守着。

注释：①无法可施：没有办法可用。②耳房：主房屋旁边加盖的小房屋。③奄奄一息：呼吸微弱，只剩下一口气。形容即将死亡。

课外试题

凤姐病重，平儿请贾琏去请医生，贾琏为什么不答应？

答案： 贾琏因为抄家的事情，自己的性命都难保，还有一堆事情要处理，没有心思管凤姐。

第一百零七回

散余资
贾母明大义

人物 包勇
性格 侠义忠勇，疾恶如仇
身份 甄家推荐到贾家的仆人

点题

贾赦和贾珍被革职流放外地，贾母深明大义，知道家里没钱，便将自己的积蓄一一分派给儿孙们，不久皇帝下旨让贾政承袭荣国公世职。

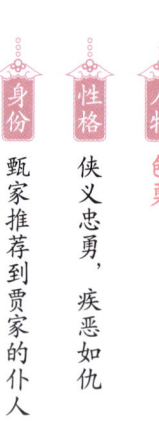

贾政进入内廷，北静王转述贾府被拘人员的处理结果：

贾赦勾结外官、仗势欺人、纵容儿子聚众赌博等罪名证据不足，不予追究。唯有倚势强索石呆子古扇一事属实，发配台站；贾珍强占良女、逼死人命一案，经查实，张华已退婚，尤二姐自愿给贾珍之弟当妾，并非强占。尤三姐系本人羞愤自尽，与贾珍无关，但作为世袭官员，私埋人命，理应重罚，革去世职，发配海疆；贾蓉年幼，不再追究。

贾政听了感激涕零，连连叩首谢恩。贾政回家见贾母，告知了贾赦等人的判决结果，并说衙门已同意，让贾赦和贾珍回家置办行装。贾母听了说道："他们起身，给他们几千两银子才好。"贾政只得说："库房的银子已用尽，外头还有亏空。田租早就预支了，只能将衣服首饰典卖换钱了。"

贾母伤心地说："我们家到了这样田地了吗？"正说着，只见贾赦、贾珍、贾蓉一齐进来请安。贾母一只手拉着贾赦，一只手拉着贾珍，大哭起来。他两人脸上羞惭（cán），都跪下说自己不孝。

贾母见贾政实在没钱，便将自己积攒一辈子的积蓄都拿出来，一一地分派说："贾赦三千两，你拿二千两去，留一千两给大太太；这三千给珍儿，你只许拿一千两去，留下二千两交给你媳妇。房子是在一处，饭食各自吃吧。四丫头将来的亲事还是我的事。凤丫头也给三千两，叫她自己收着。不许给琏儿用。这五百两银子交给琏儿，明年将林丫头的棺材送回南方去。"

贾母分派完了，又对贾政道："你拿这金子偿还亏空，我剩下的这些金银等物都给宝玉。珠儿媳妇和兰儿我也给他们一些。"接着，贾母又叫贾政精减人员和用度，贾政一一答应了。凤姐见贾母没有责怪自己，心中宽慰，身体也渐渐好了。

贾政去城外送别贾赦、贾珍后回家，就见贾府门口围着的人说："今日旨意，将荣国公世职着贾政承袭。"贾政听了虽然高兴，但想到这是哥哥犯事得来的，反而伤心落泪。贾母听了也很高兴，只有邢夫人、尤氏心中悲痛，只是不好表露出来。

这天，包勇在街上喝酒，听人说贾府被抄，贾雨村非但不帮着说话，还狠狠踩一脚。包勇听了，心想：天下还有这样负恩的人。不久，包勇见贾雨村乘轿经过，便大声说道："没良心的男女！怎么忘了我们贾家的恩了。"贾雨村见是个醉汉，并不理会。贾政知道后，怕包勇惹事，罚他去看守大观园。

经典名句

居移气，养移体。

正是生离果胜死别，看者比受者更加伤心。

经典原文

凤姐本是贪得无厌①的人，如今被抄尽净，自然愁苦，又恐人埋怨，正是几不欲生的时候，今见贾母仍旧疼她，王夫人也没嗔（chēn）怪②，过来安慰她，又想贾琏无事，心下安放好些。便在枕上与贾母磕头，说道："请老太太放心。若是我的病托着老太太的福好了，我情愿自己当个粗使丫头，尽心竭力③的服侍老太太、太太罢。"贾母听他说得伤心，不免掉下泪来。宝玉是从来没有经过这大风浪的，心下只知安乐，不知忧患的人，如今碰来碰去都是哭泣的事，所以他竟比傻子尤甚，见人哭他就哭。凤姐看见众人忧闷，反倒勉强说几句宽慰贾母的话，求着"请老太太、太太回去，我略好些过来磕头。"说着，将头仰起。贾母叫平儿"好生服侍，短什么到我那里要去。"说着，带了王夫人将要回到自己房中。只听见两三处哭声。贾母实在不忍闻见，便叫王夫人散去，叫宝玉"去见你大爷大哥，送一送就回来。"自己躺在榻上下泪。幸喜鸳鸯等能用百样言语劝解，贾母暂且安歇。

注释：①贪得无厌：指贪心没有满足的时候。②嗔怪：对别人的言语或行为不满。③尽心竭力：形容做事很认真负责。

课外试题

包勇为什么在街上大骂贾雨村？

答案：因为甄士隐托他投奔贾府，他却听说贾雨村忘恩负义，恩将仇报，害甄士隐被充军流放。

第一百零八回

强欢笑
宝钗庆生辰

人物	性格	别名	身份
李绮	娴静冷静、才思敏捷	绮儿	李纨寡婶之女、李纹的妹妹

点题

史湘云出嫁回门,到贾府探亲,提议为宝钗庆生,贾母也想热闹一下,谁知众人都只是强颜欢笑。宝玉去大观园,隐约听到潇湘馆传来哭声。

这天,史湘云出嫁回门,来贾母这边请安。贾母听湘云说女婿很好,非常高兴。湘云说:"想不到薛家竟被薛大哥害得家破人亡。"贾母叹惜道:"真是六亲同运!薛家是这样了,琴姑娘因公公病逝,梅家还没娶去。二太太的娘家舅太爷一死,凤丫头的哥哥也不成人。可怜你宝姐姐,自过了门,没过一天安逸日子。"

湘云说:"后天是宝姐姐生日,我多住一天,给她拜寿。不知老太太觉得怎么样?"贾母也想热闹一下,便叫鸳鸯拿出银子,预备两天的酒饭。次日,贾母派人去接迎春,又请了薛姨妈和宝琴,叫带了香菱来;又请李婶娘、李纹、李绮来。

不久,迎春回来了。李纨、凤姐都进来了。迎春提起她父亲出京,说:"本要赶来见见,只是被他拦住了,说是咱们家正是晦气的时候,不要沾染在身上。我扭不过,没有来,在家哭了三天。"凤姐道:"今天为什么肯放你回来？"迎春道："他说咱们家二老爷又袭了职，还可以走走，不妨事的，所以才放我来。"说着又哭起来。

贾母听了不高兴，叫迎春不要再提这些烦心事。迎春等便也不敢再说。不久，邢夫人、尤氏婆媳也来了，大家入席喝酒。虽然凤姐尽力张罗，但就是热闹不起来。贾母见大家都没精打采的，急道："你们到底是怎么了？大家高兴些才好。"宝玉便提议行酒令，于是鸳鸯当令官，大家行起酒令来。

轮到李纨，李纨便掷了一下。鸳鸯道："大奶奶掷的是'十二金钗'。"宝玉听了，忽然想起当年在梦境看见"金陵十二钗"之事，想起黛玉，忍不住落泪，又怕人看见，忙找借口离席出去。

宝玉刚出来，袭人就赶来了。

宝玉想去潇湘馆祭拜黛玉，便找了个借口进了大观园，只见满目凄凉，宝玉急步往潇湘馆走去。袭人只得赶上去，见宝玉站着，似有所见，如有所闻，便道："你听什么？"宝玉问潇湘馆是否有人住，袭人说没有。宝玉不信，说："我明明听见里面有人哭。"袭人说是他听错了。宝玉不信，还要往前走。婆子们赶上来道："听得人说这里林姑娘死后常听见有哭声。"

宝玉听说，流下泪来，说："林妹妹，是我害了你了！你别怨我，只是父母做主，并不是我负心。"越说越痛，便大哭起来。袭人正没法，见秋纹带人赶来，便不顾宝玉还在痛哭，和秋纹拉着他就走。宝玉回到房中，唉声叹气。宝钗知道原因，想劝宝玉，又怕宝玉闷出病来，便将袭人叫来问宝玉在园中的情景。

经典名句

将谓偷闲学少年。

寻得桃源好避秦。

白萍吟尽楚江秋。

经典原文

宝玉进得园来，只见满目凄凉①，那些花木枯萎，更有几处亭馆，彩色久经剥落②，远远望见一丛翠竹，倒还茂盛。宝玉一想，说："我自病时出园，住在后边，一连几个月不准我到这里，瞬息③荒凉。你看独有那几竿翠竹菁葱，这不是潇湘馆么！"袭人道："你几个月没来，连方向儿都忘了。咱们只管说话，不觉将怡红院走过了。"回过头来用手指着道："这才是潇湘馆呢。"宝玉顺着袭人的手一瞧，道："可不是过了吗！咱们回去瞧瞧。"袭人道："天晚了，老太太必是等着吃饭，该回去了。"宝玉不言，找着旧路，竟往前走。

注释：①满目凄凉：眼睛所看到的是一片凄凉的景象。②剥落：指一片片地脱落。③瞬息：形容时间极短。

课外试题

贾母为宝钗庆生，为什么大家都不是很开心？

答案：因为黛玉刚死没有多久，宝玉一直意志消沉。

第一百零九回

还孽债
迎女返真元

人物	孙绍祖
性格	险恶狠毒、冷酷残暴
别名	中山狼、孙姑爷
身份	贾迎春的丈夫

点题

宝钗生日过后,贾母就病倒了,一日比一日严重。迎春回家后,孙家大闹一场,迎春病倒也无人医治,不久就去世了。

宝钗叫袭人问出原故，怕宝玉悲伤成疾，便说："林妹妹既说仙去了，哪里还肯留在世上？"袭人会意，也说："如果说林姑娘的魂灵还在园里，我们怎么没梦见？"宝玉听了，想了想便决定到外屋去睡，好梦见黛玉。宝钗知道了也不勉强他。宝玉在外屋睡一晚上，一个梦都没有。

早上，宝钗去贾母那边请安，见她母亲也来了。大家正在说话，见迎春进来，满面泪痕，说是孙家逼着她回去。贾母知道她的苦处，也不便强留，只劝她不要悲伤，过几天再接她回来。迎春道："老太太就是疼我也疼不来了，可怜我没有再来的时候了。"说着，眼泪直流。

众人都劝道："这有什么不能回来的？比不得你三妹妹，隔得远，要见面就难了。"贾母想起探春，不觉落泪，只是因为宝钗的生日，忙转悲

贾母病倒了，贾政和王夫人等来看望。门外有婆子来报，迎春不好了。

为喜说："这也不难，那边亲家调进京来，就见得着了。"大家勉强说是。说着，迎春含悲离去。众人送了出去，仍回贾母处闹了一天。

晚上，宝玉又要在外屋睡。宝钗觉得他那呆性劝不得，便由了他去。宝玉躺在外面的床上总也睡不着，见五儿很像晴雯，便跟她说了晴雯的事，哪知五儿懵（měng）懵懂懂的，让宝玉觉得很没意思。这天晚上，宝玉翻来覆去，到五更才睡着，一夜无梦。宝玉醒来觉得没意思，便不去外屋睡了。

贾母因为高兴，多吃了些，晚上便病了，请医服药都不见效。这天，王夫人见贾母好些，心中稍安，突见门外有婆子探头探脑，便叫彩云出去询问，只听那婆子说："二姑娘不好了，前晚闹了一场，姑娘哭了一夜，昨日痰堵住了。他们又不请大夫，今天更严重了。"

王夫人怕老太太听见伤心，忙叫彩云带她到外面说。谁知贾母偏偏听见了，问道："迎丫头要死了？"王夫人说道："没有。说是这两日病了，到这里来找大夫。"贾母道："瞧我的大夫很好，快请了去。"婆子答应去了。谁知，不久外面的人就来说："二姑奶奶去世了。"

众人见贾母病重都不敢告诉她。贾母的病日益严重，

这天想起湘云，便派人去看她。回来的人悄悄跟琥珀说："史姑娘姑爷得了暴病，只怕不能好，所以史姑娘不能过来，还叫我不要在老太太面前提起。如果老太太问起来，你们变个法儿回老太太才好。"琥珀听了，半天才说："你去吧。"琥珀刚进贾母房找鸳鸯，就听众人说贾母看上去不太好了。

经典名句 悠悠生死别经年，魂魄不曾来入梦。

经典原文 彩云看了是陪迎春到孙家去的人，便道："你来做什么？"婆子道："我来了半日，这里找不着一个姐姐们，我又不敢冒撞①，我心里又急。"彩云道："你急什么？又是姑爷作践②姑娘不成么？"婆子道："姑娘不好了。前儿闹了一场，姑娘哭了一夜，昨日痰堵住了。他们又不请大夫，今日更厉害③了。"

注释：①冒撞：言语或行动没有礼貌，冒犯了对方。②作践：摧残，践踏，残忍地对待。③厉害：严重。

课外试题

孙绍祖为什么要将迎春虐待致死？

答案：因为孙绍祖为人品行恶劣又赌博好色，欺辱贾府势力衰落，把迎春当作发泄工具。作践(shi)无度。

第一百一十回

凤姐办事不力失人心

人物	彩明
性格	沉着谨慎、心细周到
别名	彩哥儿
身份	王熙凤的书童

点题

贾母去世，鸳鸯请求将丧事办得体面一些，但贾府此时要人没人，要钱没钱，凤姐使尽浑身的解（xiè）数，也办得不够周全，还因此遭到众人的指责。

贾母去世，贾府上上下下都穿白带孝。

贾政见贾母不好，便命贾琏准备贾母的后事。贾母临终前，回光返照，坐起身来，拉着宝玉道："我的儿，你要争气才好！"贾母放了宝玉，拉着贾兰道："你将来成了人，也叫你母亲风光风光。凤丫头呢？"凤姐忙走到眼前说："在这呢……"贾母道："我的儿，你是太聪明了，将来要修修福。"贾母又瞧了瞧宝钗，叹了口气，不久就去了，享年八十三岁。

贾母死后，贾府上上下下都穿白带孝。圣上念贾家祖上世代有功，赏赐一千两银子，谕礼部主祭。贾府虽已败落，但圣恩隆重，前来吊唁（yàn）的亲朋好友仍络绎（yì）不绝。因贾政、宝玉等要守孝，邢、王二位夫人、宝钗等要哭孝，只得叫贾琏管外头的事，凤姐管里头的事。

凤姐拿来花名册一看，发现男仆二十一人，女仆十九人，余者都是小丫头，难以差遣（qiǎn）。正在犯愁，见贾琏进来，说银子被贾政拿去用在祖坟上建房屋、置办田产了，外头竟然支不出银钱。凤姐听了，呆了半天，说道："这还办什么！"

正说着，只见一个小丫头进来说："大太太问二奶奶，都三天了，里头还很乱，来了菜，短了饭，这是什么道理！"凤姐急忙进去，吆喝人来伺候，糊弄着将早饭打发了。鸳鸯见凤姐办事慌慌张张的样子，心想："她以前做事那么爽利周到，今天怎么掣（chè）肘成这样？"她哪里知道邢夫人将钱扣着不发，以致物品接应不上。

晚上，王夫人也责怪凤姐没将宾客照顾好。邢夫人趁机落井下石，说凤姐偷懒。凤姐不敢辩解，只得含悲忍泣出来，央求大家："大娘、婶子们可怜我吧！明天大家都辛苦一下，帮我一天吧！"那些人却纷纷找借口推托，见凤姐再三央求，才领命去了。凤姐勉强支撑着，那些丫头见邢夫人不帮凤姐，更加作践起她来，只有平儿和李纨还帮着她打点。

这天，湘云来守灵，想到贾母疼爱她，又想到自己命苦，刚嫁了个才貌双全的夫君，谁知又得了痨（láo）病，不由得放声大哭起来。宝玉见了，想起黛玉来也哭了。

第二天下午人更多，事更繁，瞻（zhān）前不能顾后，凤姐正着急，只见一个小丫头跑来说："怪不得大太太说，里头人多照应不过来，二奶奶是躲起来偷懒去了。"凤姐听了这话，气得口中喷出鲜红的血来，身子眼看要倒下，幸好平儿过来扶住，只见凤姐的血吐个不止。

经典名句　牡丹虽好，全仗绿叶扶持。
　　　　　千红万紫，终让梅花为魁。

经典原文　鸳鸯见凤姐这样慌张，又不好叫她回来，心想："她头里做事何等爽利周到，如今怎么掣肘①的这个样儿。我看这两三天连一点头脑都没有，不是老太太白疼了她了吗！"哪里知邢夫人一听贾政的话，正合着将来家计②艰难的心，巴不得留一点子作个收局③。

注释：①掣肘：意思是拉着胳膊，比喻有人从旁牵制，工作受干扰。②家计：家庭经济状况。③收局：结局。

课外试题

在贾母的丧事上，虽然凤姐竭尽全力，为什么还是给人不用心的感觉？

因为手下人不齐，凤姐失势，邢夫人又扯了人手去办别的事。

答案

第一百一十一回
贾府恶奴招贼引盗

人物	性格	别名	身份
何三	卑鄙无耻、自私贪婪	老三	周瑞家的干儿子

点题

鸳鸯寻短见，追随贾母而去，贾政称她忠心，让宝玉在她灵前行礼。贾府众人外出送殡，何三趁机勾结赌友到贾府偷盗财物，结果被包勇打死。

　　凤姐听了小丫头的话吐血晕了过去，平儿忙叫人一起扶凤姐回房休息。邢夫人知道后，以为凤姐推病藏躲，对凤姐更加不满。那些下人见凤姐不在，便偷闲躲懒，吵吵闹闹，不成样子。

　　到二更天，远客去后，预备辞灵。鸳鸯哭晕了过去，被众人叫醒后，便说"老太太疼我一场，我跟了去"的话。大家都以为她悲伤过度，没有理会。谁知，鸳鸯哭了一场，心想：如今虽然大老爷不在家，大太太这样的行为我也瞧不上。老爷是不管事的，以后怎么样谁说得准？我们这些人不是要叫他们糟蹋了吗？谁收为小老婆，谁配小子，我是受不得这样折磨的，倒不如死了干净。

　　众人正在守灵，突见琥珀哭着进来说："不好了，鸳鸯姐姐上吊自尽了。"宝玉知道后，先是号啕大哭，后来觉得鸳鸯死得其所，又笑了。袭

人等见宝玉这个样子，忙道："不好了，又要疯了。"宝钗道："不妨事，他有他的意思。"宝玉听了，觉得宝钗"深知我心"。贾政知道鸳鸯自尽后，命贾琏去买棺木，让鸳鸯和贾母一起盛葬。次日，除了凤姐、惜春留下看家，其他人都送贾母灵柩出门。

周瑞的干儿子何三被撵出贾府后，天天在赌场赌博。最近知道贾母去世，原想谋份差事，谁知没谋到，便回赌场对赌友说："贾府留着钱不花，以后还不是要被偷走了。"有个赌友是海盗，知道贾府今日出殡，家中人少，便怂恿何三晚上带领他们去贾府偷盗。何三正愁没钱赌博，便

何三勾结赌友到贾府偷盗财物,凤姐将上夜与盗贼勾结的婆子捆起来审问。

答应了。

  这天傍晚,妙玉带着道婆去看惜春,受邀留下和惜春做伴。深夜,两人下完棋,正要休息,猛然听到上夜的人大声叫嚷,接着屋里的婆子们嚷道:"了不得了!有了人了!"惜春彩屏等人都害怕极了。妙玉知道有贼,忙遮住灯光,从窗户往外看,只见几个男子站在院中。

  包勇闻声赶来,叫外头上夜的男人跟他一起去捉贼。那些上夜的人吓得手脚都软了,哪里跑得动。包勇便自己跑去抓贼,见那几个贼人已上了惜春的屋顶,便跳上去和贼人打了起来,没几下,贼人便被他打跑了。包勇正要追赶，却被箱子绊住，定睛看时，以为东西没丢，便不追了。

　　贾芸和林之孝进来查看，发现贾母房里的东西都被偷光了，又去惜春那里，听说东西没被偷，多亏包勇把贼人打跑了，还打倒了一个，经查看，发现被打死的人正是何三。凤姐扶病过来，听说上夜的人和盗贼勾结，气得眼睛直瞪（dèng）瞪地说："把那些上夜的女人都拴起来，交给官府审问。"

经典名句

天空地阔，万籁（lài）无声。

明欺寡不敌众。

经典原文

　　刚要歇去，猛听得东边上屋内上夜①的人一片声喊起，惜春那里的老婆子们也接着声嚷道："了不得了！有了人了！"唬得惜春彩屏等心胆俱裂②，听见外头上夜的男人便声喊起来。妙玉道："不好了，必是这里有了贼了。"说着赶忙的关屋门，便掩③了灯光。

注释：①上夜：旧时指值班守夜。②心胆俱裂：心和胆都破裂了。形容受到极大的惊吓。③掩：遮盖；掩蔽。

课外试题

鸳鸯为何选择自尽？

答案：鸳鸯誓死不嫁，后被贾赦逼迫，贾母明白后答应让贾赦死了这条心。贾母死后人走茶凉了。

第一百一十二回

妙玉被强盗劫走

人物	贾芸
性格	伶俐乖觉,机敏上进
别名	芸二爷、芸儿
身份	贾府西廊下五嫂子的儿子

点题

贾琏奉命回家料理失窃之事。惜春剪头发要出家,彩屏等正劝阻,道婆来说妙玉被贼人劫走了。贾政起身回家之时,赵姨娘突然中邪病倒。

贾府被偷,凤姐命人将上夜的婆子捆了送去官府,又命贾芸去请贾政等回来。惜春哭着说丢了东西自己很没脸面,凤姐劝她不要这样想,又叫人把偷剩下的东西收起来,平儿说要等衙门来查检才能收。凤姐听了点头,同惜春坐着发愁。

那些贼人逃回贼窝后,不见何三,第二天出去打听,才知道何三被打死了,贾府已经报了官。那些贼人便决定去投奔海盗,其中有一个人见妙玉动了心,说要去将她劫走,再一起离开。

这天早上,贾政等正在贾母灵前重新上祭,只见贾芸进来,气喘吁吁地将昨夜家里被盗之事说了。邢、王二位夫人等听了,吓得魂不附体。贾政发了一会儿怔,才叫贾琏回去料理,并让他带老太太的丫鬟回去开失物单交给官府。贾琏答应后,带着琥珀等回去了。

贾琏回到家,见了凤姐、惜春也不好说什么,只叫人检点了偷剩下

众人来到铁槛寺正要起身回家,赵姨娘突然中邪病倒。

的东西。贾琏发现贾母留下的银子都不见了，心里发急，呆呆想了一会儿，才叫琥珀开失物单子。贾母的财物一向都是鸳鸯照管，琥珀哪里知道？只得胡乱虚拟了单子。贾琏命人送衙门，又连夜骑马出城去见贾政。

这天深夜，妙玉正在屋里打坐，突然听见窗外有响声，心中害怕，连忙叫人，却没人答应。突然一股香气传来，妙玉便手足麻木，不能动弹，也说不出话。只见一个人拿着明晃晃的刀进来，见了妙玉便把刀插到背后，并将妙玉背在身上，从后园爬墙出去了。可怜妙玉被劫，从此下落不明。

早上，栊翠庵婆子发现妙玉不见了，便到贾府寻找。惜春因家中姐妹出嫁后都不能自由，只有妙玉如闲云野鹤般无拘无束，便将头发剪去，要出家。彩屏等发现时，头发已剪去一半。彩屏等正在劝惜春，只见栊翠庵的道婆来说妙玉被贼人劫走了。惜春听后，觉得妙玉为人孤洁，可能会不堪（kān）受辱而自尽，便问："怎么你们都没听见吗？"道婆正在回话，只见包勇又在腰门那里嚷着要关门。彩屏怕担不是，忙叫道婆离开。

贾琏到铁槛寺将失物单子给了贾政。贾政问怎么拟的单子，贾琏说："元妃娘娘赐的东西已经标明，珍稀贵重的东西没有开，等脱了孝再慢慢查访。"贾政听了合意，点头不言。贾政决定提前回家，待大家正要起身时，赵姨娘忽然口吐白沫，眼睛直竖，乱嚷乱叫，说出了当年让马道婆陷害凤姐和宝玉之事。众人都说她中邪了，让她留在庵内，留下贾环照顾。宝钗又托周姨娘留下照顾赵姨娘。

经典名句

留下我孤苦伶仃，如何了局！
一事不了又出一事。
有一千日的不好还有一天的好呢。

经典原文

正在吵闹,只见妙玉的道婆来找妙玉。彩屏问起来由,先唬了一跳,说是昨日一早去了没来。里面惜春听见,急忙问道:"哪里去了?"道婆将昨夜听见的响动,被煤气熏着,今早不见有妙玉,庵内有软梯刀鞘(qiào)的话说了一遍。惜春惊疑不定①,想起昨日包勇的话来,必是那些强盗看见了她,昨晚抢去了,也未可知②。但是她素来孤洁③的很,岂肯惜命?""怎么你们都没听见么?"众人道:"怎么不听见!只是我们这些人都是睁着眼连一句话也说不出,必是那贼子烧了闷香。妙姑一人想也被贼闷住,不能言语;况且贼人必多,拿刀弄杖威逼着,他还敢声喊么?"正说着,包勇又在腰门那里嚷,说:"里头快把这些混帐的婆子赶了出来罢,快关腰门!"彩屏听见恐担不是,只得叫婆子出去,叫人关了腰门。惜春于是更加苦楚,无奈彩屏等再三以礼相劝,仍旧将一半青丝笼起。大家商议不必声张,就是妙玉被抢也当作不知,且等老爷太太回来再说。惜春心里的死定下一个出家的念头,暂且不提。

注释:①惊疑不定:心中惊恐疑惧,不得安宁。②也未可知:即还不知道、无法确定。③孤洁:孤高清白,洁身自好。

课外试题

惜春听闻妙玉被劫走后,为什么觉得妙玉会自尽?

答案:因为惜春觉得妙玉为人孤洁,可能会为了清白而选择自尽。

第一百一十三回

刘姥姥三进荣国府

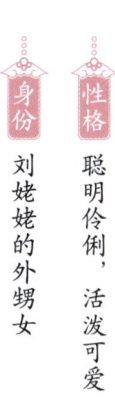

人物	性格	身份
青儿	聪明伶俐，活泼可爱	刘姥姥的外甥女

点题

刘姥姥听说贾母去世，来贾府看凤姐等，凤姐病重将巧姐托付给刘姥姥。宝玉找紫鹃想说说知心话，还没来得及说，便被麝月劝回去了。

赵姨娘得了暴病，疯疯癫（diān）癫闹了一夜，第二天便去世了。凤姐的病日益严重，平儿只得常常劝慰，又想到邢、王二位夫人回来几天了，也不来看看，贾琏也没一句贴心的话。凤姐心里悲苦，只求速死，心里一想，邪魔就来了，梦见尤二姐进来说："姐姐的心机也用尽了，咱们二爷不领姐姐的情。"

凤姐正想说自己也很后悔心胸太窄，却被平儿叫醒。凤姐心里正害怕，听说刘姥姥来了，忙请进来。刘姥姥带着外甥女青儿进来，见凤姐骨瘦如柴，神情恍惚，心里也很悲伤，只恨自己没早点儿来，又叫青儿给凤姐请安，青儿只是笑。凤姐倒是很喜欢她，还叫小红带她去玩。

刘姥姥说："我想姑奶奶的病不是撞着什么了吧？"这话合了凤姐的心意，便说了赵姨娘已死之事。刘姥姥听了，担心贾环没了母亲没人疼。这句话触动了凤姐的心事，不由得伤心哭泣。

巧姐听见母亲哭，忙过来拉着凤姐的手也哭起来。凤姐哭着让巧姐

刘姥姥听说贾母去世，来贾府看望，凤姐病重将巧姐托付给刘姥姥。

认刘姥姥做干娘,又说要将巧姐托付给刘姥姥。

这时,贾琏回来,叫平儿开箱子拿东西。平儿见凤姐点头后,便问拿来做什么。贾琏气愤愤地说:"老太太的丧事还欠四五千两银子,外面没钱,只能拿我们的东西变卖,你不肯吗?"平儿无法,正把东西搬出来,就听说凤姐不好了,急忙过去,见凤姐用手空抓,忙拉她的手哭叫。贾琏过来一看,把脚一跺(duò)道:"若是这样,真是要我的命了。"说着,掉下泪来,又听说外头找,只得出去。

刘姥姥急忙走到坑前,嘴里念佛,捣鼓(dǎo gu)了一会,果然凤姐好些。凤姐将丰儿等支开,告诉刘姥姥自己梦见鬼神之事。刘姥姥便说我们屯里什么菩萨灵,什么庙有感应。凤姐道:"求你替我祷告,要用供献的银钱我有。"说着,便从手腕上褪下一只金镯子来交给她。刘姥姥忙说不用,这钱自己有。凤姐知道刘姥姥一片好心,便不勉强,说:"姥姥,我的命交给你了。我的巧姐也交给你了。"刘姥姥顺口答应了。凤姐将青儿留下住几天，刘姥姥叮嘱青儿几句，便回家去了。

宝玉听说妙玉被劫，非常担心，每日长嘘短叹。这天，宝玉因妙玉之事，想起黛玉之死，不由得大哭起来。宝钗见状，便以大道理相劝，然而宝玉却觉得与宝钗话不投机，就佯（yáng）装入睡。宝钗见此，也不再理会他，自行去歇息了。宝玉去找紫鹃，想和她说说知心话，谁知紫鹃不给他开门，只得在门外哭诉自己对黛玉之情无人理解。正说着见麝月来找，宝玉不便再说，只得回去了。

经典名句

人生在世，难免风流云散。

经典原文

刘姥姥看着凤姐骨瘦如柴①，神情恍惚②，心里也就悲惨③起来，说："我的奶奶，怎么这几个月不见，就病到这个分儿？我糊涂的要死，怎么不早来请姑奶奶的安！"便叫青儿给姑奶奶请安。青儿只是笑，凤姐看了，倒也十分怜爱，便叫小红招呼着。

注释： ①骨瘦如柴：瘦得像柴一样，形容消瘦到极点。②恍惚：神志迷糊、精神散乱。③悲惨：悲苦凄惨。

课外试题

凤姐为什么要将巧姐托付给刘姥姥？

答案： 因为刘姥姥精明干事，有救巧姐于危难的能力，而且她为人忠厚。

第一百一十四回

幻返金陵
凤姐病逝

人物	性格	意喻	身份
程日兴	精明能干	乘日兴	贾政门下清客，也在古董行做事

点 题

凤姐病逝，王仁埋怨贾琏草草办理丧事。巧姐为父亲说话，惹得舅舅嫌憎。程日兴建议贾政清查家产。甄应嘉来见贾政说，他不久就要去海疆安抚百姓。

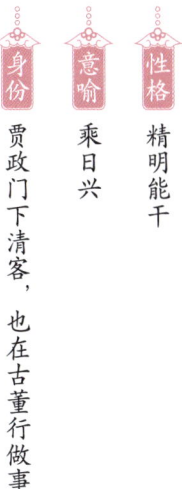

宝玉刚回房，就听说凤姐病危，正要和宝钗过去看凤姐，就见王夫人打发人过来说让他们先别过去，又说："琏二奶奶的病有些古怪，嘴里说胡话，要船要轿的，说到金陵归入册子去。"袭人听了，对宝玉说："你那年做梦，说有多少册子，不是琏二奶奶也到那里去吗？"宝玉点头道："是呀，可惜我都不记得那上头的话了。"

两人正说着，宝钗走过来说："你们说什么？"宝玉怕她盘问，只说："我们谈论凤姐姐。"宝钗道："那个签可是应验了？"宝玉说宝钗未卜（bǔ）先知。宝钗道："我是乱解的，你要认真了，就跟邢妹妹一样了。"正说着，就听说凤姐去世了，两人连忙到凤姐那里，见许多人围着痛哭，也大哭起来。

众人都痛哭不已，贾琏手足无措，叫赖大来办理丧事，自己又去告诉贾政，然后张罗办事。但手中没钱，什么事都难办。这时贾琏又想起凤姐

宝玉和宝钗听说凤姐去世，连忙到凤姐那里，见许多人围着痛哭。

平日的好处，哭得更伤心了。贾琏哭到天明，立即派人去请他大舅子王仁过来。

王仁赶来见很多事都凑合，便向巧姐埋怨贾琏。巧姐道："我父亲巴不得要好看，只是手中没钱。"王仁道："我听说老太太给了好多东西，你该拿出来。"巧姐又不好说父亲用去了，只推不知。王仁道："我知道你要留下来做嫁妆。"巧姐气哭了，觉得她舅舅只会挑事。王仁却认为，巧姐帮贾琏说话，是怕他来拿钱，从此也嫌憎巧姐。平儿知道贾琏因为没钱而着急，便将自己的东西交给贾琏去典当，贾琏非常感激她。凤姐停棺十余天，草草出殡了。

贾政守孝期间，清客渐渐离去，只有程日兴时常陪着他说说话。这天，贾政提到家运不好，家中接连走了好些人，大老爷和珍大爷又在外头，家计一天难似一天。程日兴便提议：派心腹下人到田庄，清查财产田地，亏损的让经手的人赔偿。贾政却说："不必说下人，便是自己的侄儿也靠不住。况且我在孝中，又不能亲自照管。"程日兴隐晦地说出了贾府家仆中饱私囊之事。贾政叹息家里素来宽待下人，谁知竟养出刁奴来。

正说着，就见有人来回说："江南甄老爷到了。"贾政忙请进来。原来江南甄家老爷就是甄宝玉的父亲甄应嘉。贾政与甄应嘉两人见面悲喜交集。甄应嘉说，皇帝已赐还甄家的世职，不久他就要前往海疆，协助安国公征讨贼寇，安抚百姓。贾政请甄应嘉带信给探春，甄应嘉也请贾政代为照看自己的家人。甄应嘉告辞，贾琏和宝玉出来相送。甄老爷见宝玉和自己儿子甄宝玉容貌非常相似，便拉着宝玉的手，一路问了好多话。

经典名句 儿女之情，人所不免。

经典原文 于是两人一直到凤姐那里。只见好些人围着哭呢。宝钗走到跟前，见凤姐已经停床，便大放悲声。宝玉也拉着贾琏的手大哭起来。贾琏也重新哭泣。平儿等因见无人劝解，只得含悲上来劝止了。众人都悲哀不止。贾琏此时手足无措①，叫人传了赖大来，叫他办理丧事。自己回明了贾政，然后去行事。但是手头不济②，诸事拮据③，又想起凤姐素日的好处来，更加悲哭不已。又见巧姐哭的死去活来，越发伤心。哭到天明，即刻打发人去请他大舅子王仁过来。那王仁自从王子腾死后，王子胜又是无能的人，任他胡为，已闹的六亲不和。今知妹子死了，只得赶着过来哭了一场。

注释：①手足无措：手脚不知放哪里好，比喻慌乱没了主意。②手头不济：手中的钱不宽裕。③拮据：钱不够用。

课外试题

程日兴向贾政提出了什么建议？

答案：派心腹下人到园中，清查探访内贼，劝贾政让走失的丫头回家。

第一百一十五回

贾宝玉初见甄宝玉

人物	性格	身份
彩屏	胆小谨慎	惜春的丫鬟

点 题

地藏庵姑子用激将法激惜春出家，惜春果然中计。贾宝玉和甄宝玉见面后话不投机，贾宝玉回房后呆病发作，幸好和尚拿玉来，贾宝玉才苏醒过来。

一日，地藏庵的两个尼姑来贾府给王夫人等请安，见过宝钗后，便到惜春这边来，对惜春说："听人说栊翠庵的妙师父跟人走了。"惜春道："哪里的话！人家遭强盗抢去了。"

那姑子道："妙师父的为人古怪，哪里像我们只知道诵（sòng）经念佛，为自己修善果。"惜春道："怎么样就是善果呢？"那姑子听了，便趁机说观世音大慈大悲，救苦救难，出家修行的人虽然不能修成佛，但能修得来世，转世为男子，不像今生是女子，嫁了人，什么委屈都说不出来。

惜春被这番话打动，便将自己想出家的事说了。那姑子知道这是惜春的真心话，就索性激她一下，说道："太太、奶奶们哪里肯答应姑娘呢？"惜春道："等着瞧吧。"彩屏等听这话头不好，便使眼色叫姑子出去了。

彩屏见惜春一心想出家，便悄悄去告诉尤氏。尤氏不信，说惜春只是跟她过不去。彩屏没法，只得到各处告诉。邢、王二位夫人等知道后，都劝了惜春好几次，惜春却执迷不悟。王夫人刚要告诉贾政，就听见人来说："甄家的太太带了他们家的宝玉来了。"众人急忙出去迎接。

贾政见甄宝玉果然长得和宝玉一样，试探他的文才，竟然应对如流。贾政心中喜欢，便命人叫宝玉带着贾环和贾兰过来。三人来后，贾政便先离去，好方便他们与甄宝玉说话。贾宝玉见了甄宝玉，以为他和自己一样讨厌文章经济之道。哪知甄宝玉却向他讨教文章经济，宝玉见话不投机，便不再多说，带甄宝玉吃饭去了。

宝玉闷闷不乐地回房，跟宝钗说甄宝玉也是个禄蠹（lù dù），又见宝钗也劝他立身扬名，更加不乐意，不知不觉间又将旧病引发了，痴傻起来。宝玉渐渐吃不下饭，昏迷不醒，几日后连药都吃不下了。贾政见宝玉这个样子，流着泪让贾琏去准备后事，突然小厮来回说："门外来了个和尚，手里拿着二爷丢的玉，说要一万赏银。"贾政听了，忙叫人去请。

那和尚已经进来了，手拿着玉，在宝玉耳边说："宝玉，宝玉，你的宝玉回来了。"刚说完，宝玉便醒来了，看了那玉，说："哎呀，久违了！"众人听了都很高兴。那和尚也不说话，拉着贾琏就走。

贾政进来和王夫人说："那赏银怎么办？"宝玉说："只怕这和尚不是要银子的吧？"贾政点头道："我也觉得古怪。"说着便出去了。宝玉喝了一碗粥，精神好多了，能坐起来了。麝月高兴地说："真是宝贝，才看见就好了。幸亏当初没有砸破。"宝玉听了这话，神色一变，把玉一扔，身子便往后倒。

经典名句

久仰芳名，无由亲炙（zhì）。
净洗俗肠，重开眼界。

经典原文

宝钗道："你又编派人家了。怎么就见得也是个禄蠹①呢？"宝玉道："他说了半天，并没个明心见性②之谈，不过说些什么'文章经济'③，又说什么'为忠为孝'。这样人可不是个禄蠹么？只可惜他也生了这样一个相貌。我想来，有了他，我竟要连我这个相貌都不要了。"

注释：①禄蠹：指追求功名利禄的人。②明心见性：指率真地表现心性。③文章经济：文章和经世济民之才。

课外试题

贾宝玉和甄宝玉两人相貌性情相似，为什么话不投机？

答案

甄宝玉虽然貌与贾宝玉相似，但他只看重经济之道，而贾宝玉并非此道中人。

101

第一百一十六回

宝玉重游太虚幻境

人物	鸳鸯
性格	忠诚刚烈
姓名	金鸳鸯
别名	金姑娘、鸳鸯姐姐
身份	贾母的大丫鬟

点题

宝玉再次梦游太虚幻境，看了《金陵十二钗》，还隐约见到晴雯、秦氏、黛玉等，醒来竟把儿女情缘看淡，连见贾政送黛玉的灵柩回南方也不伤心了。

宝玉重拾通灵宝玉,再次梦游太虚幻境,看了《金陵十二钗》,还隐约见到晴雯、秦氏、黛玉等。

宝玉听了麝月的话,又昏死过去了,灵魂出窍,跟着送玉的和尚来到一处荒野。远远看见一座牌楼,宝玉走过牌楼,来到一座宫门,只见鸳鸯在那里招手叫他。宝玉走过去,鸳鸯却不见了。

宝玉见那里有一排配殿,其中一间门半掩半开,便进去将里面的柜子打开,见有好几本册子,伸手拿了一本,上面写着"金陵十二钗正册"。宝玉翻开第一页,见上面有画和几行字,但都比较模糊,只隐约看出"玉带""林"等字,心想:"不会是说林妹妹吧?"宝玉一页一页往下翻,看

宝玉在太虚幻境望见迎春等一群女子说笑着向他走来，又忽见那一群女子都变作鬼怪形象，向他扑来。

到最后一页"相逢大梦归"这句诗时，恍然大悟，道："是了，这必是元春姐姐了。"

　　宝玉将册子里的诗句牢牢记下，又拿《金陵又副册》来看，看到预言袭人的诗句，大惊，痛哭起来。正要往下看，听见鸳鸯说："林妹妹请你呢。"宝玉跟她到了一座宫殿，鸳鸯突然不见了，只见尤三姐手持宝剑拦住他，不仅斥责他兄弟坏人姻缘，而且说要斩断他的情缘。

宝玉正着急，只见晴雯赶来，说："我奉潇湘妃子之命来请你。"宝玉便跟她来到另一座宫殿。廊檐下站着几个侍女，见了宝玉，都悄悄说："这就是神瑛（yīng）侍者么？"晴雯说："就是。"

宝玉跟一个侍女来到正房，见黛玉坐在里面，便说："妹妹在这里！叫我好想。"没说完，侍女就说他无礼，并赶他出去。宝玉刚到外头，见凤姐向他招手，跑过去一看，却是贾蓉的前妻秦氏。宝玉正发呆，远远望见迎春等一群女子说笑着向他走来，宝玉心里高兴，叫道："你们快来救我！"忽见那一群女子都变作鬼怪形象，向他扑来。

这时和尚来了，将手中镜子一照，说："我奉元妃娘娘旨意，特来救你。"登时鬼怪全无，仍是一片荒郊。宝玉问这是怎么回事。和尚道："你还不明白吗？世上的情缘都是魔障。"说完，将宝玉一推。宝玉跌倒，"哎哟"一声，睁眼看时，仍躺在炕上，见王夫人、宝钗等哭得眼泡红肿。宝玉醒来后，病渐渐好了。

贾政见宝玉已好，便打算带着贾蓉送贾母、黛玉、秦氏等的灵柩回南方。临走前，贾政命宝玉、贾兰好好用功，一定要参加今年的科举考试，好考取个功名。这天，紫鹃送黛玉灵柩回来，在房中啼哭，心想："宝玉无情，见他林妹妹的灵柩回去并不伤心落泪。"这时，五儿进来抱怨宝玉冷淡她，紫鹃正笑她不害羞，突然听到外面说："外头和尚来要那一万两银子。太太叫请二奶奶过去商量。"

经典名句
过去未来，莫谓智贤能打破；
前因后果，须知亲近不相逢。
喜笑悲哀都是假，贪求思慕总因痴。

经典原文

那知那宝玉的魂魄早已出了窍了。你道死了不成?却原来恍恍惚惚赶到前厅,见那送玉的和尚坐着,便施了礼。那知和尚站起身来,拉着宝玉就走。宝玉跟了和尚,觉得身轻如叶①,飘飘摇摇②,也没出大门,也不知从哪里出来了。行了一程,到了个荒野地方,远远的望见一座牌楼,好像曾到过的。正要问那和尚,只见恍恍惚惚③来了一个女人。宝玉心里想道:"这样旷野地方,哪得有如此的丽人?必是神仙下界了。"宝玉想着,走近前来细细一看,竟有些认得的,只是一时想不起来。见那女人和和尚打了一个照面就不见了。宝玉一想,竟是尤三姐的样子,越发纳闷:"怎么他也在这里?"又要问时,那和尚拉着宝玉过了那牌楼,只见牌上写着"真如福地"四个大字,两边一幅对联,乃是:

假去真来真胜假,无原有是有非无。

转过牌坊,便是一座宫门。门上横书四个大字道"福善祸淫(yín)"。又有一副对子,大书云:

过去未来,莫谓智贤能打破,

前因后果,须知亲近不相逢。

宝玉看了,心下想道:"原来如此。我倒要问问因果来去的事了。"

注释: ①身轻如叶:身体轻得像树叶。②飘飘摇摇:指在空中随风飘浮摇动。③恍恍惚惚:指神志不清、看不清、迷惘的状态。

课外试题

宝玉见林黛玉的灵柩被送回南方为什么并不伤心落泪?

答案:宝玉其实并未真正还魂,他的魂魄上被癞头和尚带着,并且在幻境中见到林黛玉,知道她已经成仙了。

第一百一十七回

袭人紫鹃双护玉

人物	性格	姓名	身份
邢大舅	贪婪虚荣、狠毒自私	邢德全	邢夫人的胞弟

点题

宝玉要将通灵宝玉送还和尚,被袭人、紫鹃死命拦住。贾赦病危,贾琏去探望父亲,将巧姐托付王夫人,又托贾蔷、贾芸管事。结果贾府被贾蔷和贾芸弄得不成样子。

王夫人叫宝钗过去商量,宝玉听说,急忙出去见那和尚,叫道:"师父,弟子迎候来迟。"那和尚说:"我不要你们接待,只要银子,拿了来我就走。"宝玉听来不像有道行的话,便试探道:"师父是从'太虚幻境'来的?"那和尚道:"什么幻境,不过是来处来,去处去罢了!我问你,那玉是从哪里来的?"宝玉听了,好像当头一棒,说道:"我把那玉还你吧。"说着便回房。

宝玉拿了玉出来,迎面跟袭人撞了个满怀。袭人听宝玉说,要将玉还给和尚,急得死死拦住,嚷道:"那玉就是你的命,你要还他,除非我死了!"紫鹃听见,连忙跑来帮袭人抱住宝玉。宝玉想用力挣脱,无奈两人死命抱住。

正在难分难解之时,王夫人、宝钗急忙赶来,哭着喝道:"宝玉,你又疯了吗?"宝玉见脱不了身,便撒谎说:"我拿玉去说是假的,这样可

宝玉要将玉送还和尚，被袭人、紫鹃死命拦住。

以少给些钱。"王夫人听了，便怪宝玉不说清楚。宝钗却坚持让宝玉将玉留下，把钱给和尚。宝玉只得将玉留下，自己出去见和尚。

王夫人命人去打听宝玉跟和尚说什么。不久，一个小厮来回话说："我们只听见说什么'大荒山'，什么'青埂峰'，又说什么'太虚境'，'斩断尘缘'这些话。"王夫人听了不懂，宝钗却吓得两眼直瞪，说不出话来。

不久，宝玉回来说那和尚走了，没要钱。小厮回来也说："和尚走了，但要二爷常去他那里。"宝钗听了，忙劝宝玉不要被那和尚迷惑，又劝宝玉考取功名。宝玉说出家也是功名，王夫人听了伤心得哭了。

这时，贾琏过来说父亲病危，他要去探望，请二太太照看巧姐。贾琏临走前，让贾芸和贾蔷搬到外书房管外头的事。谁知这两人时常赌钱喝酒，荣府被他们弄得越来越不像样。这天，贾蔷、贾芸、邢大舅、王仁等在一起喝酒行令。其中，有人问起巧姐长得怎么样。贾蔷说巧姐长得美。那人便说有个外藩王爷正在选妃，如果巧姐是小户人家的女儿，倒能说给这个王爷，全家跟着去享福。王仁听了心中一动。

这时，赖林两家的子弟来了，和众人说了两件新闻：一件是贾雨村因贪污被贬职了；另一件则是海疆的贼寇（kòu）被抓住，审出那伙人曾经在京城抢了一个女子带到海边，那女子不甘受辱，被贼寇杀了。众人都怀疑那女子就是妙玉。

这些人赌到深夜，听到里头乱叫，说是惜春执意出家，跟尤氏吵闹，又去求邢、王二位夫人给她两间干净屋子，让她诵经拜佛。

经典名句

真人不露相，露相不真人。

诸事只要随缘，自有一定的道理。

经典原文

正在难分难解①，王夫人、宝钗急忙赶来。见是这样形景②，王夫人便哭着喝道："宝玉，你又疯了吗！"宝玉见王夫人来了，明知不能脱身，只得陪笑说道："这当什么，又叫太太着急！她们总是这样大惊小怪的。我说那和尚不近人情③，他必要一万银子，少一个不能。我生气进来，拿这玉还他，就说是假的，要这玉干什么？他见得我们不希罕那玉，便随意给他些就过去了。"

注释：①难分难解：这里指双方争吵、斗争等相持不下，难以分开。②形景：情形；情状。③不近人情：指言行不合情理。

课外试题

袭人和紫鹃为什么不让宝玉将玉还给和尚？

答案：因为袭人和紫鹃知道王夫人疼了宝玉，拿了玉，宝玉就能活命了。

109

第一百一十八回

狠舅奸兄
欺负孤女

人物	性格	官职	身份
赖尚荣	贪婪自私、小气吝啬	县官	赖嬷嬷的孙子、赖大的儿子

点题

惜春决意出家，紫鹃主动请愿相伴，王夫人无奈应允。贾政南下遇困借银，赖尚荣仅借五十两，惹得贾政气恼。贾环、贾芸合谋，哄骗邢夫人卖巧姐给外藩，被平儿察觉。宝玉与宝钗讨论完"赤子之心"后，就开始专心读书。

惜春闹着要出家，邢、王二位夫人劝不了她，只得让她在家带发修行。惜春的丫鬟无人愿意跟惜春修行，王夫人正想另找他人，只见紫鹃走上前跪下，请求派她跟惜春修行。宝玉见了，想起黛玉伤心落泪，突然又哈哈大笑，说："求太太应了她吧。"王夫人只得答应。

贾政南下，盘缠不足，差人向赖尚荣借五百两银子应急。岂料赖尚荣仅拿出五十两，贾政得知后非常生气，命家人即刻将银子送还赖尚荣。家人找到赖尚荣后将银两送还给他，赖尚荣知事情办得不周到，又添了一百两，央求家人带回去给贾政。家人却不肯，扔下银子便走。赖尚荣心中不安，急忙写信告知父亲赖大，让他设法赎身。赖大便托贾蔷等在王夫人面前求恩典，让自己赎身，离开贾府。贾蔷却瞒着王夫人，假称王夫人不同

邢夫人受贾环与邢大舅哄骗欲将巧姐嫁给外藩王，藩王派人过来看，邢夫人就将巧姐叫过来，让人打量。

意。赖家便一面告假，一面差人到赖尚荣任上，叫他告病辞官。

贾芸找贾环借钱还赌债。贾环觉得凤姐待他不好，想趁贾琏不在家，摆布巧姐出气，便怂恿贾芸将巧姐卖给外藩王爷作偏房。恰好王仁走来问："你们在商量什么？"贾芸便将贾环的主意说了。王仁拍手道："这是好事，又有银子。我找邢大舅一说，你们再一起说好就是了。"

贾环等商议定了，贾芸便去告诉邢夫人，说得锦上添花。邢夫人听说邢大舅知道这事，找他来问。那邢大舅已经听了王仁的话，知道可以分钱，便说如果答应了这门亲事，贾赦能官复原职。邢夫人又找王仁来问，王仁说得更好听。于是，邢夫人反倒催着贾芸去跟藩王说亲。

这天，藩王派人过来相看。邢夫人便把巧姐叫过来相看，只说亲戚来瞧。平儿不放心，也跟着过来。只见两个宫装女子上下打量巧姐，又看巧姐的手，不久就走了。平儿觉得如果是门当户对的亲事，没有这样相看的，便命人悄悄去打听。知道真相后，平儿吓得连忙去告诉李纨、宝钗，又请她们告诉王夫人。

王夫人知道巧姐说的这门亲事不好，便跟邢夫人说了。哪知邢夫人听信了邢大舅和王仁的话，反疑心王夫人不怀好意。王夫人很是生气，将邢夫人的话告诉了宝钗。平儿知道后，跪求王夫人救巧姐。宝玉安慰平儿，说巧姐命中有此劫，不必担心。

平儿和王夫人走后，宝钗见宝玉看道家的《秋水》篇，便以古代圣贤重人品劝宝玉考取功名。宝玉说古圣贤还说"不失其赤子之心"呢。于是夫妻两人就以"什么是赤子之心"展开辩论。宝玉辩不过宝钗，只仰头微笑不语。

宝钗说："你既理屈词穷，便好好用功，如能考取功名，便是从此而止，也不枉天恩祖德了。"宝玉听到"从此而止"这四个字若有所悟，从此将闲书收起来，认真备考。

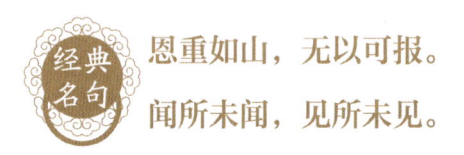

经典名句

恩重如山，无以可报。
闻所未闻，见所未见。

经典原文

却说宝玉送了王夫人去后，正拿着《秋水①》一篇在那里细玩。宝钗从里间走出，见他看的得意忘言②，便走过来一看，见是这个，心里着实烦闷，细想："他只顾把这些出世离群③的话当作一件正经事，终久不妥！"看他这种光景，料劝不过来，便坐在宝玉旁边怔怔的瞅着。宝玉见他这般，便道："你这又是为什么？"宝钗道：

"我想你我既为夫妇,你便是我终身的倚靠,却不在情欲之私。论起荣华富贵,原不过是过眼烟云,但自古圣贤,以人品根柢(dǐ)为重。"宝玉也没听完,把那书本搁在旁边,微微的笑道:"据你说人品根柢,又是什么古圣贤,你可知古圣贤说过'不失其赤子之心'。那赤子有什么好处,不过是无知无识无贪无忌。我们生来已陷溺在贪嗔痴爱中,犹如污泥一般,怎么能跳出这般尘网。如今才晓得'聚散浮生'四字,古人说了,不曾提醒一个。既要讲到人品根柢,谁是到那太初一步地位的!"宝钗道:"你既说'赤子之心',古圣贤原以忠孝为赤子之心,并不是遁世离群无关无系为赤子之心。尧(yáo)舜(shùn)禹汤周孔时刻以救民济世为心,所谓赤子之心,原不过是'不忍'二字。若你方才所说的,忍于抛弃天伦,还成什么道理?"宝玉点头笑道:"尧舜不强巢许,武周不强夷(yí)齐④。"

注释:①《秋水》:道家经典《庄子》中的一篇文章,主要讨论人应怎样认识外物。②得意忘言:比喻知道其中的意思,不用明说。③出世离群:脱离人世。④尧舜不强巢许,武周不强夷齐:巢许:即巢父和许由,相传为唐尧时的隐士。尧要让天下给巢父,他不受,尧又让许由,许由也引以为耻,逃走隐居起来。武周:西周的武王和周公。夷齐:即伯夷叔齐,相传为殷代孤竹君之二子。武王灭殷(yīn),天下宗周,伯夷叔齐义不食周粟(sù),隐居首阳山,终于饿死。

课外试题

贾环、王仁为什么怂恿邢夫人将巧姐嫁给外藩王?

他们想借巧姐嫁给外藩王,永远无法回到贾府去,这样可以霸占巧姐的钱财。

第一百一十九回

刘姥姥施计救巧姐

人物 甄宝玉
性格 温雅随和，谦虚有礼
意喻 宝玉的另一面
身份 甄应嘉的儿子

点题

宝玉与贾兰一同赴考，此时家中变故频生。刘姥姥有胆有谋，瞒着众人将巧姐接到乡下护其周全。考试后宝玉走失，但皇帝批阅考卷，见宝玉和贾兰中举，便赦免贾赦、贾珍，归还贾家抄没的家产。

过了几天，考期到了，宝玉和贾兰换了半新不旧的衣服，欣然过来见王夫人、李纨、宝钗等。王夫人嘱咐道："你们爷俩都是初次下场，要自己保重，作完文章早点出来，让你母亲、媳妇放心。"贾兰听一句答应一句。宝玉一声不哼，待王夫人说完，走过来给王夫人跪下磕了三个头，说："母亲生我，我无可答报，只有中个举人，那时母亲高兴，就是儿子一辈的事完了。"

宝玉又来和李纨告别，说贾兰必定高中。李纨笑道："但愿应了叔叔的话，也不枉……"说到这里，连忙咽住。宝钗已经听呆了，只觉得这些话都是不祥之兆，见宝玉向她长揖（yī）道别，便催他快走。宝玉仰面大笑道："走了，走了！不用胡闹了，完了事了！"众人也都笑道："快走吧。"只有王夫人和宝钗像生离死别似的，眼泪直流，险些哭出声来。

贾环见宝玉和贾兰去考试，又气又恨，想给自己母亲报仇，便跑去跟邢夫人说："巧姐的事，那边都定了，只等太太出了八字。王府的规矩，三天就要来娶的。"邢夫人便命贾芸去给八字。邢夫人的丫头听了，悄悄告诉平儿，巧姐知道后大哭起来。王夫人进来也哭了，说自己去劝，反被邢夫人责怪。

正巧有人来回说，刘姥姥过来拜访。平儿忙让人请进来，和王夫人说："巧姐认了刘姥姥做干妈，也得把这个事情跟她说一声。"刘姥姥知道这事后，说道："这有什么难的呢？瞒着他们，走了完事了。"平儿忙问走去哪里。刘姥姥说去她家里，平儿连忙答应。王夫人还在犹豫，见

刘姥姥瞒天过海带巧姐和平儿离开贾府，接到自己的村庄中。

巧姐说："再不走就走不了了。"王夫人便去找邢夫人，将她拦住一会儿，又命人雇（gù）了一辆车，让刘姥姥悄悄带巧姐和平儿离开了贾府。

贾芸去外藩王家送巧姐的八字，却被人打了出来。原来，王夫人得知此事后告诉了宝钗。宝钗随即找人告诉外藩王，说巧姐是世家贵族千金，要是买了她做妾会触犯法律。之后，王夫人假装向邢夫人索要巧姐和平儿。邢夫人无奈，只得命人将贾芸和贾环叫进来问话。王夫人满面怒容，斥责贾芸和贾环逼死了平儿和巧姐，又命令他们带人去寻找。两人只得四处打听巧姐的下落。

到了考试出场的日子，众人等了一天，到了晚上，才见贾兰哭着回来说："宝二叔丢了。"王夫人听了晕死过去，宝钗心里明白，伤心不已。王夫人派人去找宝玉，始终没找到，伤心欲绝，生命垂危，听见探春回京才好些。

这天，外面传来喜讯：宝玉中了第七名举人，贾兰中了第一百三十名。接着，又听到皇帝大赦天下，不但免了贾赦和贾珍的罪，还让贾珍仍袭世职，并归还所抄家产。贾府上下喜气洋洋。贾琏回来，先拜谢了王夫人，又见刘姥姥将巧姐送来，父女抱头大哭。邢夫人这时才知道事情的原委，羞惭不已。

经典名句 **走求名利无双地，打出樊（fán）笼第一关。**

经典原文

此时宝钗听得，早已呆了，这些话不但宝玉说的不好，便是王夫人、李纨所说，句句都是不祥之兆①，却又不敢认真，只得忍泪无言。那宝玉走到跟前，深深的作了一个揖。众人见他行事古怪②，也摸不着是怎么样，又不敢笑他。只见宝钗的眼泪直流下来，众人更是纳罕③。又听宝玉说道："姐姐，我要走了，你好生跟着太太，听我的喜信罢。"宝钗道："是时候了，你不必说这些唠叨话了。"宝玉道："你倒催的我紧，我自己也知道该走了。"回头见众人都在这里，只没惜春紫鹃，便说道："四妹妹和紫鹃姐姐跟前替我说一句罢，横竖是再见就完了。"众人见他的话又像有理，又像疯话。大家只说他从没出过门，都是太太的一套话招出来的，不如早早催他去了就完了事了，便说道："外面有人等你呢，你再闹就误了时辰了。"宝玉仰面大笑道："走了，走了！不用胡闹了，完了事了！"众人也都笑道："快走罢。"独有王夫人和宝钗娘儿两个倒像生离死别的一般，那眼泪也不知从那里来的，直流下来，几乎失声哭出。

注释： ①不祥之兆：比喻不吉利的预兆。②古怪：奇怪，出乎意料，难以理解。③纳罕：诧异；惊奇。

课外试题

宝玉去参加科举考试，为什么与家人离别时言行举止如此古怪？

答案

因为宝玉已经决定考完就出家，不会再回来了。

第一百二十回

宝玉出家
当和尚

人物 花自芳

性格 小心谨慎、细心周到

身份 袭人的兄长

点题

贾政见宝玉跟一僧一道离去，不知所踪。贾雨村听甄士隐叙说宝玉的前世今生后，托空空道人将《石头记》交给曹雪芹。

贾政扶灵到南京，贾蓉送黛玉的灵柩去苏州。贾政料理完安葬之事，就赶着回家。这天，天降大雪，船只靠岸，贾政在船上写家书，抬起头，忽见船头雪影里面一个人，赤着脚，披着一领大红斗篷，向着他倒身下拜，拜了四拜。

贾政出来，一看是宝玉，大惊问道："是宝玉吗？"那人不说话，神色似喜似悲。贾政又问道："你怎么这样打扮，跑到这里？"宝玉还没说话，便被一僧一道夹着，飘然登岸而去，其中一个边走边作歌。贾政急忙去追，三人转过一个小坡，突然不见了。贾政惊疑不定，还想向前，只见白茫茫一片旷野，并无一人。

薛姨妈得到皇帝大赦天下的消息，命薛蝌各处借贷，凑齐银两将薛蟠赎回了家。薛蟠回家后立誓悔改。薛姨妈做主将香菱扶正。随后薛蟠等去贾家拜谢，恰好贾政的家书送回了贾府。王夫人命贾兰念贾政的家书，念到贾政亲见宝玉出家一事，众人都痛哭起来。

贾政在船上写家书,抬头看见一人披着大红斗篷,向他下拜。

王夫人哭着跟薛姨妈说:"媳妇刚有身孕,就狠心扔下了。早知这样,就不该娶亲害了人家的姑娘!"薛姨妈倒安慰她说:"这是定数。"说完,又建议将袭人的兄长花自芳请来,让他给袭人说门好亲。袭人知道后,几度想寻死不成,只得委委屈屈上了来接亲的花轿。成亲第二天,袭人才知道自己嫁的人是蒋玉菡,便断了自尽的念头。蒋玉菡知道她是宝玉的丫鬟,对她更加温柔体贴。

过几天,贾政回家与众人相见。贾珍说:"栊翠庵圈在园内,给四妹妹静养。"贾政不说话。贾琏趁机说:"巧姐的亲事,父亲太太都愿意将巧姐给周家做媳妇。"贾政道:"大老爷、大太太做主就是了。只要人家清白，孩子肯念书，能够上进。"

贾雨村因犯了贪污受贿的案件，被贬为平民，发回原籍。这天，贾雨村来到急流津觉迷渡口时，遇到甄士隐。两人坐下聊天，甄士隐说："宝玉就是宝玉，在钗、黛分离之时，那玉早已离世。一为避祸，二为撮合，命中注定的缘分一了结，便由带他入世的茫茫大士、渺渺真人带回去。这就是宝玉的下落。"贾雨村听后抚须叹息不已。

甄士隐又道："我女儿英莲此时正是尘缘脱尽之时。在薛家因难产去世，留下一个儿子给薛家以继承宗庙香火。"说完就拂袖飘然离去。那甄士隐亲自去接香菱，将她送往太虚幻境。

一天，空空道人又从青埂峰前经过，看到那块没有被用来补天的石头上的字迹，就将它抄录下来，命名为《石头记》。后来，空空道人在渡口遇到昏睡的贾雨村，将他摇醒，拿《石头记》给他看。贾雨村草草一

贾雨村听甄士隐叙说太虚幻境，甄士隐接香菱回归太虚幻境。

看，道："这事我早已知道，我只给你指一人，托他传去，便可归结这一事了。"空空道人忙问是什么人，贾雨村道："你等到某年某月某日到一个悼（dào）红轩中，有个曹雪芹先生，只说贾雨村言托他看看。"说完，仍旧睡下了。

不知过了多少年，空空道人找到曹雪芹，将《石头记》给他。雪芹看了，笑道："果然是'贾雨村言'了！"空空道人听了，仰天大笑而去。

经典名句

千古艰难惟一死，伤心岂独息夫人！
一念之间，尘凡顿易。

经典原文

宝玉未及回言，只见舡（chuán）头①上来了两人，一僧一道，夹住宝玉说道："俗缘已毕，还不快走。"说着，三个人飘然登岸而去。贾政不顾地滑，疾忙来赶。见那三人在前，哪里赶得上。只听见他们三人口中不知是哪个作歌曰："我所居兮青埂之峰。我所游兮鸿蒙太空。谁与我游兮吾谁与从。渺渺茫茫②兮归彼大荒③。"

注释：①舡头：即船头。②渺渺茫茫：指辽阔无际的样子，也指模糊、不清楚。③大荒：原指边远荒凉的地方，这里应指大荒山。

课外试题

曹雪芹为什么说《石头记》是"贾雨村言"？

答案：曹雪芹用"假语村言"的谐音"贾雨村言"，这里是取其同音之义。《石头记》是曹雪芹虚构出来的，以虚构人物贾雨村来传述《石头记》的故事内容。

编纂委员会

罗先友　人民教育出版社，原副社长，编审，文学博士，原《课程·教材·教法》和《小学语文》主编
纪连海　北京师范大学第二附属中学，高级教师（历史），CCTV《百家讲坛》主讲嘉宾
赵玉平　中国传媒大学经济管理学院，教授，CCTV《百家讲坛》主讲嘉宾
李小龙　北京师范大学文学院，教授，副院长，博士生导师
许盘清　上海大学文学院，教授；自然资源部海洋发展战略研究所，特聘研究员
朱　良　北京师范大学地理科学学部，副教授，《地图学》精品课程主讲教师
左　伟　中国地图出版社，原核心编辑，编审，地理学博士
陈　更　北京大学，博士，CCTV《中国诗词大会》第四季总冠军，山东卫视《超级语文课》课评员
左　栋　自然资源部地图技术审查中心，高级工程师（地图制图学与地理信息工程）
郗文倩　杭州师范大学人文学院，教授，博士生导师
李　园　南京师范大学教师教育学院，教师教育实训中心副主任
李兰霞　北京交通大学语言与传媒学院，副教授，硕士生导师
吴晓棠　南京师范大学教师教育学院，讲师
王　兵　南京市教学研究室，历史教研员，高级教师（语文）
杨　俊　无锡市锡山区教师发展中心，教研室副主任，高级教师（语文）
陈　娟　江苏省新海高级中学，副校长，正高级教师（语文）
贺　艳　深圳市龙岗区南师大附属龙岗学校，副校长，高级教师（语文）
陈启艳　湖北省宜昌市外国语初级中学，正高级教师（语文）
冒　兵　南京航空航天大学苏州附属中学，正高级教师（语文），江苏省教学名师，苏州市学科带头人
陈剑峰　南通市第一初级中学，正高级教师（语文）
王　辉　湖北省宜昌市外国语初级中学，高级教师（信息技术）
刘　瑜　江苏省天一中学，高级教师（语文），无锡市学科带头人
刘期萍　深圳市龙岗区南师大附属龙岗学校，教学处副主任
万　航　湖北省宜昌市外国语初级中学，高级教师（地理）

编辑部

策　　划：王俊友、赵泓宇
原　　著：曹雪芹、高　鹗
地图主编：许盘清、许昕娴
撰　　文：陈元桂
责任编辑：王俊友
统筹编辑：姬飞雪
地图编辑：杨　曼、刘经学
文字编辑：高　畅、戴雨涵
插　　画：孙　温
装帧设计：今亮后生
审　　校：高　畅、李婧儿、杨　曼、刘经学、黄丽华
外　　审：纪连海、赵玉平、李小龙、郗文倩、陈　更、李兰霞
审　　订：郝　刚、左　伟